A LUTA

ATULA

A luta

CARMEN DOLORES

MEIA AZUL

Bas-bleu ("meias azuis", em tradução livre): antiga expressão pejorativa para desdenhar de mulheres escritoras, que ousassem expressar suas ideias e contar suas histórias em um ambiente dominado pelos homens. Com a ***Coleção Meia Azul***, voltada para narrativas de mulheres, a Ímã Editorial quer reconhecer e ampliar a voz dessas desbravadoras.

"Mulherzinhas" à beira de um ataque de Nervos

Cristiane Costa

E squeça o título sério e carrancudo. Ele não faz jus a este livro. Se fosse hoje, bem que poderia se chamar "A treta", "O bafafá", ou mesmo "Mulheres à beira de um ataque de nervos", embora o cinema espanhol já tenha consagrado este título. Parente da picardia de *Memórias de um sargento de milícias*, de Manuel Antônio de Almeida, e das divertidíssimas crônicas de costumes de Arthur Azevedo, o romance mais querido de Carmen Dolores é uma espécie de *Mulherzinhas* (a cultuada obra de Louisa May Alcott) — bem mais assanhadas.

É um prazer descobrir que a vida das nossas avós não era tão pacata quanto nostálgicos da moralidade querem fazer parecer. Escrito há mais de 100 anos, este folhetim fez furor em 1909 e foi transformado em livro dois anos depois, quando sua autora, a jornalista e escritora Carmen Dolores já tinha falecido, aos 58 anos de idade. Deve ter ido para o inferno sem escalas, segundo Frei Pedro Sinzig, que colocou Emília Moncorvo Bandeira de Melo, seu verdadeiro nome, na lista negra dos autores mais imorais do país em seu *Através dos romances*, um guia de leitura (ou, antes, um *index prohibitorium*) para os católicos zelosos.

A verdade é que Carmen Dolores bem fez por merecer. Além de personagens adoravelmente amorais, *A luta* tem doses explícitas de erotismo e arguta crítica social. Na época em que a literatura era considerada "o sorriso da sociedade", Carmen Dolores levou a coisa a sério. Polemista temida, a aristocrata decadente que viu no jornalismo uma forma de manter seus luxos depois de ficar viúva com 34 anos e seis filhos, era a colunista mais bem paga do jornal *O Paiz*, um dos mais importantes da *Belle Époque* tropical. Não eram poucos os homens que tinham medo de sua pena ferina. Era uma "argumentadora viril", segundo Agripino Grieco. Além de folhetins e romances, Carmen Dolores escreveu sobre o direito da mulher à educação e ao trabalho remunerado. Militou ainda pelo divórcio, já em pauta nos debates da primeira constituinte republicana brasileira, mas que só seria aprovado em 1977, oito décadas depois!

Se hoje o escritor não trabalha em vinte e quatro horas mais do que um seu colega trabalhava em dois meses há vinte anos, vê seus assuntos aproveitados, as suas ideias escritas, o seu pão comido pelos outros e talvez com mais originalidade. E a concorrência não é só de homens, é também das mulheres, algumas das quais, como a cintilante e espiritual Carmen Dolores, ultrapassam a maioria dos homens em encanto, modernismo e elegância, conquistando de súbito o favor público

...diz o misterioso interlocutor (talvez o boêmio Medeiros e Albuquerque) de João do Rio no seu livro *Momento literário*, retrato da literatura na virada do século.

Estranhamente, o nome de uma das escritoras mais importantes em seu tempo foi praticamente apagado da história da literatura, assim como os de outras mulheres, como o da *best-seller* Júlia Lopes de Almeida. Foi preciso que a pesquisadora Zahidé Lupinacci Muzart as resgatassem para descobrirmos as dezenas de romancistas, contistas, dramaturgas, poetas, jornalistas, folhetinistas, ensaístas e intelectuais que povoam a antologia *Escritoras brasileiras do século XIX*, publicada pela Editora Mulheres. Onde elas estavam? Como escreviam em meio a tantos partos e filhos para cuidar? Por que seus livros sumiram das prateleiras e ficaram de fora do cânone literário?

Não foi por falta de qualidade ou porque sua voz tenha envelhecido, sem encontrar eco nas novas gerações. Jane Austen, Emily Brontë, George Eliot e George Sand continuam reverenciadas até hoje. Por que só agora a voz de Carmen Dolores voltou a ser ouvida?

Sua leitura tira do baú da língua palavras a farfalhar. Suas raparigas eram espevitadas, airosas, mimosas, mas também sonsas, ladinas, zombeteiras e coquetes. Ruborizavam quando pegas em flagrante. Já os rapazes eram mofinos, moleirões, lorpas, biliosos, vexados, lúbricos, mas não deixavam a elegância de lado com seus bigodinhos curtos e altas lapelas. Embora se passem no século passado, seus romances não têm nada de platônicos. A pensão da fogosa Adozinda, em Santa Teresa, é um caldeirão de hormônios em ebulição. A autointitulada viúva e suas três filhas só pensam naquilo. Casamento, como as heroínas românticas? Não: sexo e dinheiro!

No entanto, é com uma cena de casamento, à qual a narrativa vai e volta, num exemplo de maestria da técnica literária, que começa *A luta*. Embora se escutem ecos de *A comédia humana*, de Balzac, é a abertura de *Anna Karenina*, de Tolstoi, que é parafraseada, na cena seguinte: "As luas de mel têm muitas feições: umas são ardentes [...] outras são regeladas pelo desapontamento, algumas, finalmente, são mornas." A da mocinha do livro, pelo visto, não deu lá muito certo:

> *A lua de mel de Alfredo Galvão e Celina Ferreira fora assim, morna, despida das explosões de volúpia que determina a posse de uma mulher muito desejada. Fora uma lua morigerada, decente, digna mesmo de um empregado público muito rotineiro e sossegado, a quem assustam as violências da paixão no casamento e que respeita o sono da sua mamãe no quarto ao lado da alcova conjugal.*

Mas, longe de se conformar e invejar silenciosamente as liberdades das irmãs, Olga e Julieta, que seguem "americanismos", saem desacompanhadas e flertam com mais de um, Celina se rebela contra "a vida na masmorra", como define a casa que divide com a sogra ciumenta, o marido insosso e os dois filhinhos. Como qualquer mulher que não tenha nascido para Amélia,

> ...essa Bovary da rua das Marrecas sonhava uma existência mais larga, a independência da mulher elegante e rica, vestida com apuro, que sai só, vai a teatros e alimenta a corte ardente de muitos adoradores.

Vai conseguir se livrar das amarras patriarcais que prendem a mulher a um casamento equivocado? Ou o marido deixará de ser um banana e tomará a mulher de volta antes que ela se torne "amásia" de um ex-namorado rico? Quem vencerá a luta entre as matriarcas? A mãe interesseira e mundana ou a sogra conservadora e manipuladora? É melhor parar por aqui para não dar nenhum spoiler...

CRISTIANE COSTA é jornalista, escritora e professora da UFRJ. Doutora em Comunicação e Cultura, é autora de *Pena de aluguel: escritores jornalistas no Brasil* (Bolsa Vitæ de Literatura) e *Sujeito oculto* (Bolsa Petrobras de Produção Literária).

CAPÍTULO I

Casava-se a Celina, filha mais velha da D. Adozinda Ferreira, quarentona bem conservada, e todo o velho e pequeno hotel familiar para convalescentes: "Aos belos ares!", debruçado à beira do morro de Santa Teresa, como a mirar a esplêndida vista da cidade abaixo, aparecia rejuvenescido e embelezado pela abundância de festões de flores e galhadas verdes, com que o iam enfeitando alegremente algumas criadas vestidas com garridice espaventosa, rindo com os hóspedes mais íntimos que as ajudavam.

— Ponha as dálias encarnadas aqui, seu Juvêncio... É para casarem com os crisântemos brancos...

— Casarem... casarem... Você, Crescência, não tem outra ideia na cabeça senão a de casamento...

— Pois então?!... — respondia a primeira, com um muxoxo de mulatinha espevitada —, o dia é mesmo para se pensar nisso. Bem que eu quisera estar no lugar de D. Celina, mas... com outro noivo, já se vê... Olhem lá...

Um vulto de rapaz ladeava solitariamente os maciços espessos do jardim, como procurando fugir à atenção, e uma gargalhada esfuziou no grupo, que depressa fingiu mergulhar mais ativamente nos preparativos da ornamentação da casa, em cujas janelas baixas já se balouçavam frágeis cadeias cheirosas, invenção da Crescência, atravessando as abertas em forma de bambolins floridos. Um aroma quente de folhas e pétalas dava ao ambiente um cunho de festa. E já um tapete esmeraldino se estendia no solo, em frente à porta da sala térrea, em cujo recinto ainda vazio de convidados branquejavam panos de crochê forrando os móveis usados, enquanto de cada mesinha, de cada *étagère*, dos dois consolos antigos, do tampo do piano de armário, partia a nota violenta dos grandes ramos de rosas, de dálias, de begônias e de palmas de Santa Rita, transbordando de todas as jarras da família, ali reunidas como principal recurso decorativo.

Mas um rumor cresceu no interior do prédio e D. Adozinda, proprietária do hotel, surgiu azafamada e seguida por duas meninas de cabeleira já frisada em que se enrolavam fitas azuis, indagando, ruidosamente das raparigas se já passara o bonde de uma hora da tarde... Não, não passara ainda, e era um inferno, porque faltavam as luvas brancas da noiva e das meninas, assim como o *bouquet* de flores de laranjeiras que o Dr. Jaime — um hóspede tão amável! — se prestara a ir buscar na cidade — e o noivo era bem capaz de chegar antes do tempo com a carrancuda da mãe, cujos reparos ela preferia evitar.

Cheia de corpo, clara, com uns bonitos olhos pretos sob os cílios longos, um buço já forte desenhando-lhe a boca larga e carnuda, D. Adozinda correu rapidamente pelos aprestos da festa a vista alvoroçada e chamou pelos hóspedes, pediu-lhes que fossem agora ajudar um pouco a guarnecer a mesa do *lunch*, gritando às criadas que se aviassem sozinhas, que andassem, porque a Celina precisava delas.

Já a sua camisola transparente e ampla, enfiada por cima do colete, apertando-lhe as carnes opulentas, fazendo ressaltar o seio abundante, voejava pelo corredor sobre as saias de baixo rendadas e farfalhantes de goma; e o Juvêncio, o Tomás e o Rodolfo, três estudantes simpáticos e prestuberculosos, que lhe deviam pensão barata e carinho familiar, precipitaram-se atrás desse claro sulco, ainda com as mãos todas crivadas de espinhos de roseiras.

Dentro, a sala de jantar resplandecia à larga claridade de três janelas e uma porta abrindo para o jardim, que circulava a casa e de onde zumbiam abelhas sobre os cálices de lírios, banhados de sol; e a cidade aparecia num plano inferior de silêncio e de distância, através de vapor trêmulo e azulado que varava aqui ou ali o reflexo de incêndio de alguma claraboia ferida por um raio de luz mais direto.

A mesa, recoberta pela toalha de linho dos grandes dias, tinha o aspecto convidativo, com os seus pratos de sanduíches, pastéis e empadinhas flanqueados pelas garrafas de cristal, em que brilhava um vinho aparentemente fino; pirâmides de fios de ovos e compoteiras de doces feitos em casa alternavam com as fruteiras em que enrubesciam maçãs junto aos cachos de uvas, decorativamente espalhados — e toda uma profusão de flores em altos ramos circunscrevia a vista.

Um copeiro emprestado dava o último toque ao serviço — e os três estudantes o ajudaram a dobrar os guardanapos em feitio de leque, de mitra e de rosa, não sem volverem obliquamente um olhar dissimulado e guloso para o peru e as fatias de fiambre, acomodadas sobre o aparador, sob um grosso filó cor-de-rosa, protetor contra as moscas assanhadas.

— E o coronel?... — acabou o Tomás por perguntar baixinho ao ouvido de Rodolfo.

— Está no quarto — ciciou este com malícia —, não gosta de escândalo e parece que hoje vai deixar-se ficar encerrado...

— Que idiota! O macambúzio do Gilberto é que devia fazer-lhe companhia, em vez de errar pela chácara como uma alma penada...

— Homem, também...

Mas uma senhora vestida de sedas investiu de repente pela sala, como uma tromba, e atrás dela vieram correndo as meninas de fitas azuis nos cabelos riçados, duas moças em *toilettes* brancas e o bando das criadas espevitadas, gritando todas:

— D. Adozinda, o bonde largou uma porção de gente na porta... Estão aí o noivo com a mãe, a madrinha, o Dr. Jaime, dois velhos...

— Nossa Senhora!

E a dona da casa saiu do quarto arrastando atrás de si uma preta que ainda lhe acolchetava com esforço, resfolegando, bufando, o corpo do vestido cor de pérola; a fazenda rangia, estalando sobre as formas salientes — e vermelha, de olhos congestionados, retendo o fôlego, D. Adozinda ia balbuciando com voz entrecortada:

— Anda, rapariga! Anda, Marcelina!

Um rumor de falas, de passos, de cadeiras arrastadas enchia a casa, entre as suas folhagens decorativas, e alguém preveniu que o suplente do pretor também tinha chegado pelo mesmo elétrico e que o afilhado do padre André vinha avisar que o padrinho estaria ali para o casamento religioso às quatro horas em ponto.

Houve um sussurro crescente e a noiva, toda branca, assomou à porta da sala envolta em véus virginais.

D. Adozinda Ferreira tinha um dia chegado, havia tempos, de Iguaçu, com três filhas já crescidinhas, a mais velha, quase moça, e dizia-se viúva de um Inácio Ferreira, negociante, que falecera durante uma visita feita à sua aldeia natal, em terras portuguesas, no Minho.

Como a posição da recém-chegada não atraía atenções, e que, de resto, ela se mostrava com alguns recursos pecuniários, alegre, insinuante, de uma familiaridade ruidosa que agrada a muita gente, ninguém pôs em dúvida o estado de viuvez apresentado como rótulo social, e pôde essa senhora entreter algumas relações no Largo dos Guimarães, em Santa Teresa, onde fora residir.

Em breve, com esperteza e felicidade, comprou D. Adozinda o pequeno hotel mais em cima, a cavaleiro da linha de bondes da Carris-Carioca, onde D. Eufrásia, uma velha pintada de sardas escuras, cozinhara durante muitos anos a sua asma terrível, conservando sempre, aliás, uma boa freguesia de enfermos crônicos, convalescentes, empregados do comércio sofrendo do estômago ou dos rins, que buscavam nessa cômoda altura, próxima da cidade, um alívio aos seus males reais ou imaginários a preços modestos. Mais doente, porém, já cansada de tanto tossir, passou essa Dona Eufrásia a sua pensão; e D. Adozinda, que a adquiriu com um faro muito vivo de negócios, ali se instalou com as filhas, atraindo logo a simpatia de todos os hóspedes com o seu gênio brincalhão, o riso fácil, uma intimidade quase maternal, que punham a gosto a rapaziada, nos princípios retraída.

Desde que amanhecia, a sua clara camisola de cassa esvoaçava pelos corredores, pelas salas e pelas dependências; e alegre, ativa, com a sua pele branca e bem lavada, o cabelo preto enrolado em um nó sobre a nuca forte, os braços grossos sempre nus entre as mangas largas e curtas, ela penetrava familiarmente nos quartos dos hóspedes, esquecia-se a palestrar com os prediletos, aos quais levava ela própria o café com biscoitos, muitas vezes alguma rosa ainda aljofrada de orvalho matutino e colhida por suas mãos no jardim — ressoando através das portas fechadas os seus risos sonoros, não raro seguidos de inexplicáveis silêncios, até que o favorito da ocasião saía do quarto muito apressado, vermelho, a correr para apanhar o elétrico, e D. Adozinda voltava às suas funções domésticas, com o rolo do cabelo um pouco desmanchado, mas sempre enérgica e laboriosa no exercício dos seus deveres.

Não tardou muito que o hotel, em vista dessa feição, fosse um pouco abandonado pelo elemento familiar. Algum casal que ali se hospedasse sentia logo a preferência merecida pelos rapazes solteiros e tratava de procurar outro estabelecimento; de modo que, além de duas antigas senhoras cheias de achaques e que tinham na casa o seu velho ninho, desde a D. Eufrásia, pagando aliás pontualmente a pensão por quinzenas; e de uma outra professora estafada, em busca de bons ares baratos para as férias, a clientela do hotel era composta quase que exclusivamente de homens idosos ou moços.

Havia, como efetivos, o John Gross, desenhista alemão, sempre asseado e grave, que descia à cidade pela manhã e só voltava à noite. Havia o Silva, solteirão português, metido a gaiato e com um grande nariz, que dava réplica à loquacidade jovial de D. Adozinda, ao jantar, e comia como um bruto, espremendo limão em todos os pratos, por causa do fígado. Havia o Tomé, guarda-livros, muito alto e bonito, mas tísico, nervoso, sempre enrolado em flanelas; e o Juvêncio, o Tomás, o Rodolfo, estudantes com as famílias no Amazonas e no Pará; e, enfim o Coronel Juvenato, um cearense de banhas amarelas e olhar manhoso, que não perdia missa; e o Gilberto, que fora também estudante de farmácia, mas apanhara umas febres e ali vivia agora à espera da saúde, mofino e débil, recebendo a mesada que lhe mandava de Minas um tio.

Desenvolvendo-se nesse meio, é natural que Celina, filha mais velha da D. Adozinda, tivesse os seus pequenos *flertes* com alguns desses rapazes, muito íntimos na casa e trazendo-lhe da cidade presentes de doces, de balas de ovo, de jornais ilustrados ou de frutas.

As irmãs mais novas iam ao colégio; ela ficava, enchendo o tempo com uns *crochês* vagarosos, costuras leves, a leitura dos folhetins dos jornais; e o Gilberto, que raramente saía, andava sempre ao seu lado, muito caído por esse tipo um pouco mórbido de menina anêmica, devorando com os olhos a sua cinta fina, a graça delicada com que ela movia o pescoço franzino, o sorriso um tanto sonso dos lábios ambíguos a ler-lhe versos em que punha toda a paixão da sua voz. Ele era bonitinho, teria os seus vinte anos, muito pálido, com umas pupilas negras de árabe, ardentes, vorazes; e D. Adozinda, ao passar, quando os via juntos, demorava o andar, como inquieta, perplexa, indecisa... Muito ladina, sob a sua jovialidade vulgar, ela perguntava a si mesma o que devia fazer: consentir ou proibir?

O Gilberto não valia nada, mas quem sabe se apareceria outro, simplório e sincero como ele? E a filha, com os seus dezessete anos, começava a embaraçá-la um pouco, nesse difícil papel de virgem numa casa de pensão, cheia de rapazes. Ora, o melhor era esperar, dar tempo ao tempo... E o Gilberto e a Celina continuaram a namorar-se, ele cândido, ela dúbia; enquanto o Coronel Juvenato que deixara a mulher em Sobral para tratar de uma concessão rendosa com os políticos do Rio, ia agora monopolizando, como protetor mais importante, as alegres visitas matinais da viúva, que já lhe levava sempre o café — mas sem flores colhidas no jardim, ainda rociadas de orvalho, porque o cearense não dava para essas coisas de poesia. Era rápido, prático, e não admitia bobagens. Por isso, todos os sábados à noite, ele dizia a D. Adozinda com um tremor lúbrico nas banhas moles da face, os olhinhos vivos pestanejando:

— A senhora não esqueça que amanhã é domingo... Leve-me cedo o café, hein? Que eu tenho de ir à missa...

— Pois não, pois não, Coronel! Fique descansado — respondia a viúva do Ferreira, muito atenciosamente, tirando-lhe umas caspas da gola do paletó com a mão repolhuda.

Os outros hóspedes riam-se à socapa; e no domingo o café não faltava, bem cedinho...

Foi por esse tempo que apareceu inesperadamente no hotel, a convalescer de uma hepatite, certa viúva idosa, com alguns bens, cujo filho único, Alfredo Galvão, amanuense numa secretaria, vinha recomendá-la muito a D. Adozinda. Subiram ambos devagar os dois lances da escadaria do jardim, dividido em terraços, ela com uma lividez de marfim velho na face franzida e severa, ele amparando-a com toda a força de seu braço filial, solícito, respeitoso, carregando-lhe a maleta e os agasalhos, e mesmo assim teve a doente de parar sob a amendoeira do centro do jardim superior porque lhe faltava o fôlego para atingir a casa.

— Minha mãe ainda está muito fraca — explicou Alfredo à dona da pensão, para desculpá-la, e agradecendo a cadeira que Celina trouxe a correr —, mas acredito que estes ares logo a fortalecerão...

— Não sei se a minha modesta casa lhe convirá — disse D. Adozinda, examinando com alguma inquietação a fisionomia austera da senhora.

— Ora, certamente que há de convir. Pois então? Isto aqui é bonito, é alto, é saudável...

A doente interrompeu o filho, erguendo os olhos biliosos para a mulher:

— É sobretudo muito próximo da cidade, de modo que Alfredo poderá visitar-me todas as tardes depois de jantar. Moramos à rua das Marrecas. Fica perto do ponto dos Carris e foi por isso que escolhi a sua casa.

D. Adozinda teve um largo riso profissional, agradecendo, e garantiu que ela se daria ali muito bem. O que convinha agora era entrar, a fim de não esfriar o corpo à sombra das árvores.

Ajudou-a a levantar-se, foi conduzindo-a para a sala, enquanto a doente indagava:

— A menina que me trouxe a cadeira é sua filha?

— É a minha mais velha; e ainda tenho outras duas que estão a chegar do colégio...

Uma sombra empanou o rosto amarelecido da senhora:

— Eu tive seis filhos!... Só me resta hoje este mais moço, o Alfredo... Isto é que é duro: tê-los e perdê-los...

— Tem razão, mas afugente esses pensamentos tristes e venha ver o seu quarto... Como é mesmo o seu nome? Já esqueci...

— Margarida Galvão, viúva do Dr. Hermeto Galvão.

E com uma ponta de altivez a endireitar-lhe o busto magro sob a ampla capa de vidrilhos negros, passou à frente dessa dona de hotel que a interrogava com tão excessiva familiaridade e penetrou no aposento que Celina já abrira.

Era o melhor da casa, com duas janelas para o jardim lateral, um grande toucador e até uma cadeira de balanço para os ócios da doente.

— Minha mãe ficará aqui perfeitamente! — dizia o Alfredo, sorrindo, apalpando as molas do enxergão de arame do leito asseado, dando a tudo um olhar cuidadoso de filho. — Repare que vista!

E despediu-se com mil recomendações, beijando a mão emagrecida da velha, voltando-se ainda da porta para lembrar a dieta, os perigos do sereno, mil coisas. No corredor, porém, esbarrou com Celina, que o escutava com um leve riso de zombaria à flor dos lábios, e teve um minuto de confusão, sentiu-se infantil, deixou cair o chapéu, só sossegando a meio das escadas do jardim, que desceu um pouco trôpego, intimidado, a pensar:

— Diabo de pequena! Que modo de rir! Mas, é bonitinha, muito bonitinha!

Parou para colher um cacho de glicínias que pendia da grade, e ainda murmurou:

— Que olhos!

A mãe de Celina é que caiu menos no agrado dos dois — sobretudo no de D. Margarida, que não se podia habituar com a alegria um tanto vulgar da viúva, as suas gargalhadas sonoras, os roupões decotados a voarem pelos corredores, essa mania de trazer sempre nus os braços grossos e roliços e de rebolar os quadris quando andava. Conservou-se desconfiada muitos dias, estudando o procedimento de D. Adozinda nessa casa de hóspedes que ela enchia com o rumor da sua familiaridade jovial. Mas, como o Coronel Juvenato só aparecia agora ao jantar, casmurro e tranquilo, mastigando numa absorção de todos os outros sentidos, com a papeira flácida a tremer; como o Silva coibia mais as suas pilhérias lusitanas de pândego narigudo, peado pela reserva de D. Margarida; como, em suma, tudo se passava regularmente e, durante o dia, a viúva era sempre encontrada a coser, como boa mãe de família, uma cesta de roupa por cerzir sobre a mesa, ao seu lado — a velha mãe do Alfredo Galvão acabou por sossegar. A mulher era mal-educada, lá isso era; não se podia, porém, acusá-la de proceder incorretamente. E, nessa distensão das suas desconfianças, D. Margarida foi aceitando as amabilidades um pouco tímidas da filha, essa esbelta Celina, de poucas falas, que lhe floria o quarto todas as manhãs com uma graça discreta de gestos e passos. Chamou-a um dia, em que mais lindo apareceu o ramo de rosas brancas, amarelas e rubras, túmidas de seiva, ainda orvalhadas de sereno, embalsamando todo o aposento; mostrou-lhe a cadeira junto da sua, fê-la sentar e perguntou-lhe, sorrindo:

— Diga-me, onde aprendeu a fazer esses ramalhetes tão bonitos, tão artísticos?

A pequena encolheu os ombros franzinos com faceirice, mostrando os dentinhos brancos no seu riso sempre ambíguo, um pouco ironia, um pouco mistério:

— Não sei! Faço-os sem pensar...

E D. Margarida envolveu-a num longo olhar penetrante, que gradativamente se adoçou úmido, compassivo, como se ela sondasse com tristeza os segredos desse humilde destino de virgem mal guardada por uma mãe leviana e espalhafatosa.

Indagou, por fim, com uma simpatia a vibrar-lhe na voz de ordinário fria:

— Deve custar-lhe a viver assim numa pensão cheia de gente desconhecida, entre rapazes que tomam liberdade, não é?

Celina requebrou dolorosamente os olhos.

— Ah! Muito... A senhora nem imagina!...

E, como arrastada, mas sincera, um leve rubor nas faces anêmicas, prosseguiu:

— Estou cansada desta vida, mas mamãe não pode ainda deixar o hotel... Então, que fazer? No dia, porém, em que eu puder sair daqui para morar sozinha com minha família, na cidade, ah, que alegria!...

— Há também outro meio: pode casar-se...

— Casar-me, eu? Com quem? Onde o noivo?

E Celina esfuziou uma gargalhada fina e nervosa, um pouco forçada. Os olhares de ambas cruzaram-se, enigmáticos, logo desviados; e a convalescente ergueu-se com certa vivacidade, dizendo:

— Bem, a menina tem naturalmente as suas ocupações lá dentro e eu vou dar o meu giro higiênico ao sol. Até logo, sim? Não precisa acompanhar-me.

Separaram-se.

Capítulo II

Todas as tardes, ao fim do jantar dos hóspedes, Alfredo Galvão chegava, magro, nem alto, nem baixo, com o seu pequeno bigode ralo numa face um pouco inexpressiva, embora simpática, mas como esbatida por hábitos de timidez, e em que só olhos brilhavam, grandes, castanhos, de uma doçura quase feminina. Tinha vinte e seis anos e já mostrava uns princípios de calvície desguarnecendo-lhe a testa abaulada e lisa.

Entrava, cumprimentando de modo cortês todos os hóspedes, ia sentar-se atrás da cadeira da mãe, que comia lentamente o seu doce de ameixas pretas ou a sua fatia de goiabada, e logo a velha indagava, voltando-se meio, com a boca cheia:

— Jantaste bem, meu filho?
— Muito bem. Admiravelmente!

— A Joana serviu-te com cuidado?
— Nada me faltou.
— Ela tem limpado a casa? Deu alpiste ao canário? Engomou? Teus colarinhos ficaram lustrosos?
— A Joana tem sido perfeita, minha mãe. A casa está como se a senhora a dirigisse...
Mas D. Adozinda gritava do seu lugar:
— Uma canequinha de café, doutor?
Apesar de não ter direito ao título, o Galvão não desgostava do engano; e, corando um pouco, aceitava o café, que bebia devagar, com o olhar preso ao perfil de Celina, entrevisto mais longe, entre as cabeças dos outros hóspedes, e cujos cabelos muito negros e abundantes se destacavam num penteado harmonioso e complicado, em que se enrolavam fitas.

Encontravam-se depois à porta do jardim, findo o jantar, e o Galvão sentia uma pena imensa de não poder acompanhá-la nos giros entre os maciços cheirosos, os roseirais floridos, colhendo jasmins, respirando ao seu lado a deliciosa fragrância das plantas regadas de fresco, todo o soberbo horizonte da cidade a se fundir lá em baixo com os matizes violáceos do crepúsculo.

Era uma tentação quase irresistível que lhe espicaçava a alma tímida — essa de ir no sulco do vestidinho claro de Celina, que ele via errar como mimosa falena sob a amendoeira, sob o grande pé do manacá em flor, sumindo-se entre as folhagens daqui, dali, reaparecendo, tornando a esconder-se, no meio desses homens que fumavam e riam conversando com ela. E se a brasa de um charuto brilhava mais isolada na sombra crescente, junto à brancura dessas saias que a sua vista não perdia, era uma crispação em todo o seu ser que o lançava para frente, zeloso, febril, inquieto.

A voz de D. Margarida o chamava, porém de dentro da sala abrigada contra o sereno noturno, onde ela se instalava a um canto, bem agasalhada, olhando o vulto esguio do filho destacar-se à porta. E que podia ele fazer? Vinha visitar a mãe e não lhe ficava bem deixá-la só para ir passear no jardim, por mais vivos que fossem os seus desejos de liberdade.

Atirava fora, portanto, o cigarro, para vir sentar-se junto à cadeira materna, nesse salãozinho trivial em que branquejava cruamente um enxame de panos de crochê lançados sobre a usura dos móveis; e um frouxo diálogo se travava entre a mãe pensativa, examinando furtivamente o filho, e o rapaz distraído, cujos dedos magros se esqueciam, nervosos, a alisar o estofo escuro das calças, numa impaciência.

Acendiam enfim o lustre e alguns hóspedes entravam para ler os jornais da tarde; as duas velhas do tempo da D. Eufrásia acomodavam-se muito direitinhas no sofá, sorrindo imbecilmente para todos; O Silva, o Tomé e o Coronel Juvenato desapareciam; ouvia-se a voz forte de D. Adozinda dando ordens na sala de jantar, entre um tinir de louças e talheres, e, cerrada a escuridão crepuscular, voltavam do jardim as três meninas — Celina, já moça feita; Julieta, quase da mesma altura, porém menos graciosa; Olga, ainda criança, travessa, gárrula — e era como uma súbita claridade a derramar-se pela vetustez sombria desses móveis vulgares, dessa sala impessoal.

Com todo o perfume dos manacás e jasmins nas roupas e nos cabelos, Celina vinha oferecer alguma rosa polpuda e úmida do sereno a D. Margarida, que a aceitava com frieza; mas o olhar de Alfredo bebia avidamente a frescura da flor entre os dedinhos morenos e encontrava depois o raio luminoso das pupilas da moça, filtrando sonsamente por entre as pestanas baixas, o que lhe dava o choque de uma perturbação imensa, indizível. Ficava como tonto, fascinado, a dar estalinhos com as juntas dos dedos, sem saber mesmo o que fazia; e afinal pegava no chapéu, fugia, a despeito das insistências da mãe, que protestava, ofendida, contra a insólita retirada do rapaz.

Durante todo o percurso do bonde, suspenso nos ares à passagem sobre os arcos do Aqueduto, mas sem um olhar de curiosidade ou um arrepio de vertigem provocados pela perspectiva dessas luzes desenhando embaixo a sinuosidade das ruas, Alfredo encolhia-se, absorto, fumando nervosamente, a remoer esse sentimento de amor que lhe inspirara a Celina. Que esquisitice! Sempre fora um moço pacato, sem impulsos fortes, habituado a obedecer à mãe, aos costumes da casa e aos deveres da repartição onde trabalhava, muito escravo da rotina e finalmente feliz nesse calmo torpor da sua vida. Eis, contudo, que essa moreninha pálida, um pouco zombeteira, o fora pouco a pouco interessando e em suma empolgando, mas todo, todo, corpo e alma, sem remédio, só com a arte de um sorriso sonso, que ele quisera a princípio decifrar e que o perdera, e esse olhar morno e dúbio, dardejado por entre a sombra de uns cílios espessos, cuja expressão o entontecia. Que significava esse olhar? Nem ele mesmo o sabia.

Era talvez uma provocação... Era com maior certeza uma ingenuidade... Ela, enfim, parecia tão pura e virginal ao lado dessa mãe suspeita, ainda moça e exuberante! Oh, e essa mãe, ainda por cima dona de um hotel de segunda ordem! Como confessar à própria progenitora, tão distinta e austera, cheia de preconceitos, viúva de um homem de bem, que fora diretor de uma secretaria, que ele, Alfredo, seu último filho, alimentava o desejo ardente de casar-se com a filha de uma D. Adozinda Ferreira, a quem emprestavam amantes vários?!

Sim, mas era a língua pérfida do mundo que o dizia, sem base, sem fundamento... Quem é que tinha inventado essa calúnia com um riso feroz de despeitado, quando ele contara que a mãe andava a convalescer em Santa Teresa? Ora, o Custódio, um idiota, que afinal se queixara de não haver sido bem tratado pela viúva, quando seu hóspede uns tempos. Da Celina, porém, nem uma palavra! E porque não a aceitaria D. Margarida como uma filha, ensinando-lhe as maneiras e os preceitos de uma família de outra classe, formando-a à própria imagem, corrigida aliás pela graça risonha da mocidade, que rejeita tristezas exageradas? Ele, em resumo, já estava na idade de manifestar livremente o seu desejo de constituir um ninho próprio — embora morando todos na mesma casa. Mas queria ter a sua mulherzinha, o seu quarto de casados, a ventura das noites amorosas, o encanto dessa convivência íntima, segura e doce, sempre e sempre, dia a dia, até a morte...

E, mais excitado por essas ideias, o Alfredo jogava longe o cigarro aceso, cujo fogo lampejava um segundo no espaço escuro, e movia-se, inquieto, no banco do elétrico, o olhar febril, batendo o pé, até que chegavam à estação da Carioca e ele descia com precipitação e corria a esconder-se na casa silenciosa, para melhor acariciar os seus projetos e as suas esperanças. Não, não lutaria mais: estava decidido! Havia de casar-se com a Celina...

Mais de três semanas tinham assim passado e D. Margarida, que farejava instintivamente algum desgosto, insistia em se declarar já boa e forte para tornar à casa, embora a debilidade se lhe traísse ainda na palidez excessiva, quando Alfredo apareceu de repente no hotel, antes do jantar.

Era um claro dia primaveril com um céu todo azul, sem nuvens, cantos de cigarras, aromas de flores evolando-se do jardim; e D. Margarida lia um jornal em sua cadeira de balanço, junto à janela aberta, no momento em que o filho entrou e veio, muito descorado, pedir-lhe a benção com a mão visivelmente a tremer.

Acostumada à regularidade da hora da visita diária, a velha logo se assustou. Que sucedera? Novidades em casa? Ele faltara à repartição? Seus olhos o mediam todo inquietos...

— Não, minha mãe, não, não!... É outra coisa... Saí mais cedo da secretaria, e de propósito, para chegar aqui a esta hora, em que a senhora está sempre só no seu quarto. Eu queria...

E Galvão parou, gaguejante, como a sentir um embrulho na língua, fitando D. Margarida com um sorriso que pretendia ser expressivo, eloquente, persuasivo, terno, e era apenas alvar, verdadeiramente imbecil.

O peito da camisa arfava-lhe, como se ele abafasse.

— Senta-te — disse a viúva, com um fulgor de desconfiança nas pupilas penetrantes — e retoma fôlego, que estás ofegando... Vieste então a correr?

— Vim... Subi de quatro em quatro os degraus da escadaria...

— Mas por que tanta pressa?

— Porque... porque eu queria falar-lhe, minha mãe! Escute, não se zangue comigo, sim? Oh! Não se zangue...

E, fechando a meio os olhos, curvado sobre os joelhos da velha, a prender maquinalmente entre dois dedos um pouco do estofo de lã preta da saia de D. Margarida, que se pôs a torcer e destorcer com um gesto nervoso, Alfredo lançou a sua confissão como quem se atira a um abismo.

Era a coragem dos tímidos, que de súbito arriscam tudo numa impetuosa cartada. E a velha mãe recebeu a explosão sem interrompê-lo, mais lívida apenas, mais rígida, com um leve tremor na face, que se cavava. Ele, entretanto, dizia tudo: o seu amor, a princípio hesitante e gradualmente violento, as suas lutas íntimas, o medo de desagradar a uma mãe excelente, verdadeira santa, que o seu coração adorava, os seus escrúpulos de perturbar a paz feliz dessa existência a dois numa casa sagrada pela memória dos entes perdidos. Mas...

— Mas — atalhou D. Margarida, com uma secura irônica — a filha de D. Adozinda Ferreira venceu tudo isso... É uma extraordinária criatura! Que repentino poder!

— Oh! minha mãe! Por que fala assim de uma pobre menina, que não é responsável pelo meio em que o acaso a fez nascer?

E Alfredo concentrou-se, meio ressentido. Houve um silêncio. O perfume das rosas entrou mais intenso pela janela toda aberta à maravilhosa tarde, e os olhos da velha se arrasaram repentinamente d'água, como contemplando a dolorosa visão dos cinco filhos mortos, que ela ainda chorava. Só lhe ficara esse caçula, seu último amor, sua única razão de existir — e também esse pensava em a deixar, não obstante vivo... Ah! Que crueldade reserva a sorte às velhas mães viúvas, que não têm mais ninguém para as amar!...

Animado, porém, pela sensibilidade traída nessas lágrimas, cuja causa adivinhava, Alfredo ousou lançar-se nos braços maternos que, se não o estreitaram, também não o repeliram. O rapaz murmurava, de olhos igualmente úmidos:

— Nós moraremos sempre juntos, minha mãe, e você ganhará uma filha, em vez de perder seu filho! Ela é tão nova ainda, que o seu exemplo há de corrigi-la de quaisquer defeitos adquiridos na companhia da D. Adozinda, que evitaremos aos poucos, com tato. Diga: não é verdade que consente em fazer o seu Alfredo feliz? Bem sabe que, sem a sua licença, eu jamais me casarei...

Mais branda, a viúva continuou, entretanto, a insistir em considerações poderosas. Ele só conhecia superficialmente a Celina: que certeza podia ter de encontrar a harmonia e a felicidade numa união contraída em meio tão diferente do seu pela educação e os hábitos, e ignorando afinal a verdadeira natureza dessa menina refolhada, bonitinha, mas enigmática?

Alfredo sorriu, já esperançado, porque a mãe consentia em discutir:

— E que certeza — disse — posso também ter de ser infeliz, minha mãe, para reprimir o meu amor? Tudo na vida é um acaso. Contentemo-nos com as probabilidades, e estas são a meu favor. Adoro essa criança e julgo-a pura, boa, inocente. Que provas há em contrário?

A velha ainda refletiu longo tempo, aos suspiros aflitos, enquanto o rapaz esperava, ansioso.

Que fazer? pensava a mãe: o filho já tinha mais de 26 anos e era capaz de desobedecer-lhe se ela negasse terminantemente o seu consentimento... Mas também, aceitar essa nora que feria todos os seus orgulhos?! Ceder! Transigir? Santo Deus! Maldita fosse a hora em que subira a semelhante hotel... Antes a tivessem deixado morrer! E a entrevista eternizava-se sem solução, quando retiniu a sineta do jantar...

Uma voz alegre e juvenil gritou do corredor por D. Margarida, e Alfredo ergueu-se, de chofre, muito branco e trêmulo, como arrastado para a porta, pousando em D. Margarida um olhar implorativo, que pouco a pouco se fazia rancoroso. Então, a velha não lutou mais; sentiu que a paixão nesse momento lhe arrebataria o filho se ela lhe servisse de inabalável estorvo; e triste, abatida, um véu de pranto a obscurecer-lhe a vista, estendeu a Alfredo a mão enrugada e balbuciou a custo, quase baixinho:

— Podes pedir a Celina... Consinto...

E o jantar foi triunfal. Consultada alguns minutos antes, a exuberante dona do hotel respondeu imediatamente *sim!*, entre gargalhadas sonoras, mandando logo colher flores para guarnecer a mesa dos noivos. Quem diria, hein?... Não havia como as sonsas para levarem com jeito e segredo os seus namoros. Essa Celina!... Um pouco corada, de olhos baixos, a mocinha abandonava a ponta dos dedos ao noivo, que usava já dos seus direitos para apertá-los constantemente com um fervor convulso de neófito. E só três figuras destoavam entre as fisionomias imbecilmente satisfeitas dos convivas desse jantar de núpcias improvisado, em que abriram duas garrafas de detestável *champagne*, para regar os doces: a de D. Margarida, severa e contristada; a de Gilberto, pálido como um morto; e a do Coronel Juvenato, que a cada instante envolvia a recente noiva num olhar furtivo de lubricidade desapontada, furiosa. E recusou o *champagne*, com as banhas da face trêmulas, declarando que tinha de ouvir missa na manhã seguinte e não queria indispor o estômago com essa beberagem falsificada.

— Primeiro a religião! — bradou, irado, envesgando a vista para a atitude arrulhante dos noivos.

— Decerto, coronel! — apoiou com força D. Adozinda —antes de tudo a religião e conservar a saúde para bem servir a Deus. Vamos beber à saúde do coronel... Viva!

— À sua, coronel!...

Todos beberam.

Capítulo III

Cinco anos mais tarde, D. Adozinda Ferreira cosia nessa mesma sala de jantar do hotel "Aos belos ares!" um pouco mais estragado pelo tempo, de rebocos desprendidos, deixando ver as cicatrizes das paredes, mas sempre risonho, graças à luxuriosa vegetação que o engalanava entre a moldura dos morros verdes e do céu azul. Amendoeira em flor, os espinheiros como polvilhados de cheirosa neve, a sombria ameixeira, os densos jasmineiros estrelados de branco, fazendo vergar os suportes de estacas; os roseirais floridos, os manacás recendentes, as dálias, as begônias, as sanguíneas palmas de Santa Rita e as rosinhas brancas pendendo do decrépito alpendre revestiam a velha casa de um régio prestígio. E aí costurava sempre D. Adozinda, agora mais acabada e de *pince-nez* acavalado no nariz mais grosso, os olhos vivos um pouco empapuçados, mas ainda ativa e robusta, de braços gordos sempre à mostra entre as mangas curtas da camisola solta.

A pensão decaíra bastante, com a partida do Coronel Juvenato, logo meses depois do casamento da Celina, obtida nas Câmaras a concessão de uma estrada de ferro no Ceará, que o tornara podre de rico. Falavam ainda que seria deputado. E a viúva o vira partir com explosões de uma tristeza ruidosa, que encobria um arrependimento sutil e calado dessa brusca união da filha com o Galvão, um pascácio, afinal!, muito menos remediado do que o supunham todos e com o inconveniente, de resto, de viver agarrado às saias de uma mãe insuportável — união, em suma, que tinha arredado do hotel a pequena, claramente simpática ao coronel, e que talvez houvesse servido de obstáculo à sua prejudicial retirada. Prejudicial, sim, que homens como o Coronel Juvenato, de bolsa farta, não se encontram muitos nestes tempos de penúria disfarçada... E com ele se fora também o Gilberto, mais mofino, macambúzio, e, de repente, agora único herdeiro desse tio que dantes o sustentava no Rio, fulminado por uma embolia em Belo Horizonte... Ah!, se as criaturas pudessem prever o futuro, quanta asneira de menos! Felizmente que... Mas uns passos, que ressoaram familiarmente na direção da sala de jantar, interromperam por esse dia as considerações íntimas de D. Adozinda, que eram sempre essas, girando em torno de uma ideia única, guardada cautelosamente nos recessos obscuros da sua alma e só discutida no silêncio das absorções solitárias. E a viúva ergueu a vista por cima das lentes do *pince-nez* para ver quem chegava.

Rangeu mais a areia do jardim, farfalharam saias e assomou Celina, afogueada pelo sol das três horas da tarde e seguida de uma criada carregando um menino de dois anos, atabafado em capas, que lhe adormecera pesadamente sobre o ombro.

D. Adozinda largou devagar a costura, dizendo com secura:

— Olá! Que milagre é este? Vou ver o santo da folhinha...

E, sem se levantar, tirando o *pince-nez*, estendeu frouxamente a mão à filha, que explicou tomando o menino dos braços da ama-seca e acomodando-o no próprio regaço, o motivo da sua inopinada presença:

— Mamãe nem imagina! O Raul está com febre há quase uma semana e o médico exigiu que o fizéssemos mudar de ares, *incontinenti*. Então, eu vim correndo com ele para cá, enquanto o Alfredo ficou com a Lucília. Esta é a hora do acesso e olhe como ele está quente e arquejando, coitadinho!...

Mostrava, já sentada, o rostozinho febril da criança, que arfava, sonolenta, de olhos semicerrados, muito lânguidos; mas a viúva insistiu, rancorosa:

— Só assim virias a minha casa sem sentinela à vista... Parece que isto aqui é um foco de emboscadas; mas sempre presto para alguma coisa, em casos de doença...

E casquinou uma risadinha irônica, azeda.

— Oh! Mamãe, não fale assim! — dizia Celina — que culpa eu tenho? — E circunvagando o olhar:

— Mas onde está Julieta?

— Ora, na rua! — respondeu asperamente D. Adozinda. — Pois onde há ela de estar? Não para mais aqui, vive em passeios com as filhas da D. Laurinha... É rua do Ouvidor, é a Avenida, é toda a parte, menos a casa...

— E Olga?

— Ainda não voltou do Instituto de Música: hoje é dia de aula... E o professor Carlos de Carvalho está contentíssimo com a voz dela: diz que é um contralto raro, admirável... Também mandei agora afinar o piano para ela estudar. Está cantando uma ária que chamam de "Profeta", em que há a história de uma mãe, imagina, com um filho, e Olga é a mãe! Que graça! Ah, mas a propósito — e a viúva fez uma pausa intencional —, a Julieta te viu há dias na rua com Alfredo e contou... que estavas muito mal vestida. Que é isso?

Celina encolheu os ombros, despeitada:

— Não é nada... Gentes! Cada qual se veste como pode. Mamãe sabe que minha sogra, além da casa em que moramos, só tem o montepio que lhe deixou o marido. E Alfredo ganha pequeno ordenado. De mais, as crianças têm andado ultimamente sempre doentinhas...

— Pudera! Aquele ar pestilento da rua das Marrecas!

— Fomos, portanto, obrigados a extraordinários de médicos e botica...

— Mas também teu marido não deve trazer-te vestida como uma criada — rompeu D. Adozinda. — Ele te encontrou limpinha e à moda... Então, é assim? É boa! Mas ai, misericórdia! Acordei o pequeno!

Ao rumor das vozes, o menino agitava-se, inquieto, abrindo os olhinhos vermelhos de febre, choramingando; e Celina curvou-se sobre ele, com um longo suspiro:

— Dorme, meu bem, dorme! Mamãe está aqui...

E séria, uma sombra afinando-lhe a face morena, mas anêmica, só os olhos grandes e negros fulgindo mais profundos nas órbitas um pouco cavadas pelo cansaço das noites de vigília com o filhinho, a moça deixou--se ficar um instante assim vergada sobre o corpinho febril, a embalá-lo, com o olhar errante sobre os cílios descidos. Quantas lembranças alegres presas a essa banal sala de jantar, cuja moldura de flores lhe corrigia a trivialidade! A roseira Marechal Niel ainda enfiava os galhos pela janela... O canário trinava sempre sobre o peitoril carcomido, e ao centro da vasta mesa recoberta de um pano às listas encarnadas e azuis, a mesma fruteira de vidro, de que emergia uma tulipa com rosas e folhagens, exibia laranjas e bananas, exatamente como dantes, quando ela era solteira e risonha... A mesma luz de um sol refulgente se alargava por todo o morro de Santa Teresa e sentia-se a volúpia da vida no azul do ar, no aroma das flores, nos gorgeios do canário, apesar de recluso... Só ela vivia triste, abatida — e por quê?
   D. Adozinda, fitando-a com os olhos espertos ia seguindo o curso dessas ideias melancólicas, até que Celina deixou fugir alto o pensamento, numa involuntária distensão de nervos. Não, deveras, a vida não lhe corria leve nem jovial... Ah, não! Era uma monotonia, um isolamento! Alfredo parecia uma máquina: levantava-se, deitava-se, comia, palitava os dentes, saía, voltava, com uma regularidade de pêndulo. E nunca tinha dinheiro para um passeio, um teatro, uma coisa imprevista, nada! Os dias arrastavam-se, sempre iguais, pesados, lentos; e ainda por cima a sogra a mandar, a dirigir, a prender e a ensinar, como senhora de tudo...

— Ah, mamãe, você se queixa... Se soubesse, entretanto, que saudades tenho daqui, da nossa antiga existência! Se não venho mais vezes, é que não me deixam...

D. Adozinda soltou uma das suas gargalhadas sonoras:

— Creio bem! Isto por cá sempre é outra coisa... Há rapazes, a gente conversa, ri, leva uma vida folgada... A quem o dizes?! Mas olha quem aí vem... Parece mesmo uma rosa de maio, Nossa Senhora!

Era a Olga, que chegava do Instituto com a sua pasta de músicas, uma transparência de entremeios de renda sobre o seio redondinho e petulante, os braços nus e roliços, como os da mãe, dentro das mangas curtas do vestido branco, e todo um viço veludoso de flor na carita azougada, de faces vermelhas. Ao ver a irmã com o filhinho, atirou-se, gritando:

— Oh! Celina com o Raul! Que novidade! — E foi ajoelhar-se diante da criança, que entreabriu as pálpebras pesadas para encarar essa visão de mocidade e frescura.

Julieta não tardou, mais compassada, com uns vinte anos pouco graciosos, mas vestida pelo último figurino: um longo casaco justo sobre a saia serpentina, grande chapéu com cerejas, luvas, uma bolsinha de prata, e dando apertos de mão sacudidos.

Celina envolveu-a toda num olhar irritado e não demorou a sua queixa:

— Foste então dizer a mamãe que me tinhas visto passar na rua muito mal vestida?

A outra encrespou-se:

— Pois, então, se é a verdade? Palavra que até senti vergonha... Senti, Celina! Estavas com um vestido indecente de velho... Nem sei onde arranjaste aquela antiguidade! Onde a descobriste, anda lá, dize...

Celina ergueu-se com o menino nos braços, acalentando-o, para que ele não chorasse, mas furiosa, a dardejar à irmã olhares enviesados de raiva:

— Nem todas as mulheres — gaguejou, buscando ferir —, nem todas têm quem lhes forneça *toilettes* como essa tua, que nunca te vi... — Curvou-se um tanto, fingindo uma reverência irônica: — Meus parabéns!

Sem se zangar, porém, antes baixando um olhar de triunfo sobre o vestido que lhe valia piadas tão ácidas, Julieta respondeu, a rir-se:

— Podes tê-los iguais, minha cara, se quiseres...

Voltou-se depois para D. Adozinda, que guardava as costuras para ir preparar o quarto do doentinho:

— Mamãe já lhe deu a grande notícia?

Sorrindo maliciosamente, a viúva murmurou que não, porque as boas novas se guardam sempre para o fim... Pois não era mesmo?

E Celina, enleada, pôs-se a interrogar a fisionomia das três, que faziam sinais de inteligência, fitando-a.

— Mas que notícia é, gentes? Desembuchem... Digam de uma vez...

Olga entrou a pular pela sala:

— Adivinhe! Adivinhe!

— Ora que maçada! Não adivinho! Não posso...

— É uma chegada! — adiantou Julieta.

— É um redivivo! — ajuntou Olga.

Celina alargou o olhar curioso:

— Uma chegada?... Mas quem chegou? Não atino, palavra!

Então, D. Adozinda caminhou para ela com o cesto das costuras na mão, balouçando os seus quadris fartos e pesados de mulher madura. Brilhavam-lhe os olhos.

— Não procures mais, menina, eu te digo... São dois amigos velhos que voltam. Um já está aqui e jantará hoje conosco: é o Coronel Juvenato, tu te lembras dele? abarrotado agora de dinheiro, mas que não esqueceu o velho hotel de Santa Teresa, ao tornar ao Rio. Ah! Não se encontram, deveras, muitos amigos dedicados como este!

— E o segundo, mamãe?

A voz de Celina tremia um pouco.

— O segundo?

E a viúva, Julieta e Olga desataram numa risada zombeteira, examinando Celina, que esperava com certa apreensão.

— É... é... Ora, vê lá se adivinhas o nome... — rematou enfim D. Adozinda, derreada de tanto rir.

Mas Celina, irritada com todos esses mistérios, deu de ombros, impaciente, e Olga então explicou:

— É o Gilberto, cabeça dura! Gilberto, que chega de Minas amanhã, pelo noturno; mas um outro Gilberto, enriquecido pela morte do tio solteirão e que vem divertir-se e gozar à Capital...

Celina corara, apertando o filho contra o seio; e, de súbito, volvendo o olhar para o chapéu e os agasalhos esparsos sobre a mesa, declarou numa imensa perturbação:

— Vou-me embora, então! Não posso ficar... Vou, vou já... Faustina, toma o menino!

— Estás doida! — gritou D. Adozinda, furiosa, prendendo-a pelo vestido, enquanto as irmãs protestavam. Mas é toleima! Quem mais se lembra do passado? Já se viu coisa igual?!
   E acumulava razões para impedir essa retirada, com uma voz ansiosa que se fazia persuasiva. Ela era agora uma senhora casada e, mesmo no caso de acudir ao Gilberto a veleidade de algum namoro, certamente que o rapaz escolheria uma das duas irmãs solteiras.
   — Eu! — bradou Olga, esboçando um passo de valsa.
   — Eu! — contestou Julieta, mais séria.
   E Celina desferiu sobre ambas um raio enigmático da sua pupila negra, de repente faiscante.
   — És uma egoísta — decidiu a mãe — e teu filho? Sacrificas, então, a criança doente às tuas imaginações? Deixa lá, filha: águas passadas não movem moinhos. O Gilberto, rico e feliz, nem pensa mais em ti, podes acreditar...
   Celina teve um risinho abstrato, de olhos desviados. Os lábios se lhe moveram, como se falasse baixinho; e enfim, com um brusco gesto de desafio, resumiu:
   — Pois seja! Fico... Mamãe, me diga qual é o meu quarto, que estou cansada e preciso deitar o Raul...

Capítulo IV

As luas de mel têm muitas feições: umas são ardentes como se as aquecessem os rubros raios de um sol de verão; outras são regeladas, como se os primeiros beijos saturassem as bocas novamente unidas da frialdade de um desapontamento; algumas, finalmente, são mornas, sem destaque, sem fúrias amorosas nem tristezas desenganadas — trecho anormal, um tanto perturbador, mas que depressa desliza no hábito tranquilo e agradável sem agitações nem arroubos exagerados.

A lua de mel de Alfredo Galvão e Celina Ferreira fora assim, morna, despida das explosões de volúpia que determina a posse de uma mulher muito desejada. Fora uma lua morigerada, decente, digna mesmo de um empregado público muito rotineiro e sossegado, a quem assustam as violências da paixão no casamento e que respeita o sono da sua mamãe no quarto ao lado da alcova conjugal.

Logo na noite das núpcias, ao chegar à casa da rua das Marrecas com o marido e a sogra, Celina sentiu-se como envolvida num manto de fria decepção, encontrando o novo ninho às escuras, sem flores acolhedoras, a sala de visitas fechada, a Joana vindo abrir-lhes a cancela toda estremunhada de sono, esfregando os olhos, sem uma palavra de parabéns e boas-vindas.

— Aqui fica o seu aposento! — disse laconicamente D. Margarida, fitando no filho olhos dolorosos.

E ela se viu numa câmara desconhecida, à qual já tinham trazido as suas roupas, os seus pequenos objetos pessoais de solteira, mas que lhe pareceu hostil pela falta de rosas, de claros laços de fita, de coisas vaporosas — essas nonadas festivas, alegrando o ambiente, que aguardam sempre as noivas, entre o cálido cheiro a novo dos móveis e tapetes, as brancuras rendadas do grande leito emocional.

Alfredo tremia de desejo, enlaçando-lhe o corpinho airoso, que trocara os véus cândidos por um vestido de passeio; essa ternura, porém, era nervosa e desazada, dissimulando mal uma ternura inexperiente sob impetuosidades excessivas. Os abraços dele eram a cada passo interrompidos por um olhar de esguelha, assestado para certa porta fechada que aparecia perto do toucador, em frente à cama. E, nesses minutos, a paixão denunciada por tantos arroubos como que se encolhia medrosamente, fazia-se muda, para que a mãe, da outra banda, não lhe surpreendesse as veemências.

Então Celina, constrangida também, e observadora, porque a sua carne de anêmica não vibrava, deixando-lhe a calma no refolhamento, maldisse essa velha, cujo domínio não lhe entregava completamente o marido novo e amoroso, nem a essa hora misteriosa das iniciações. Ela, afinal, casara por casar, para ser independente, aparecer às amigas no papel invejado de senhora casada e sentir um apoio nessa vida que lhe era incerta e não lhe sorria ao orgulho, entre as promiscuidades do hotel um pouco boêmio da mãe.

Alfredo, de resto, não lhe desagradava com as suas maneiras atenciosas, as falas meigas, os grandes olhos pregados sempre com um fervor beático no seu rosto, como se lhe estudasse as feições. Em noiva, gostava mesmo do contato macio da sua mão fina de burocrata, apertando-lhe os dedos por baixo da mesa, ao jantar; e certa noite, quase lhe dera um delíquio no jardim, colhida de surpresa atrás das folhagens do pé de manacá, pelo braço convulso de Alfredo, que lhe imprimira um beijo nos lábios. Era até curioso: outros beijos tinha recebido furtivamente do seu namorado Gilberto, quando a mãe se ausentava da sala, e nenhum lhe causara a sensação desse roubado à sombra cheirosa dos manacás e entre rosas que se desfolhavam com um leve suspiro nos canteiros orvalhados de sereno.

Com certeza sentira no Alfredo o próximo esposo, dono do seu corpo, e a emoção lhe quebrara as forças. Aliás, fora isso obra de um segundo, faísca elétrica depressa extinta. E frívola, superficial, sem exaltações, educada na escola das vulgaridades gaiatas da mãe, com um temperamento de menina clorótica, mais corrompida no espírito aguçado pelo exemplo dos fatos presenciados do que na carne frígida e quase insexual, Celina entrou nas realidades do casamento com uma curiosidade sem transportes, que lhe consentia a lucidez. Sucedeu mais que as carícias, agora legais, do Alfredo, já não lhe provocavam mais o intenso e imprevisto abalo daquele primeiro e único beijo roubado no jardim, em Santa Teresa. Seus sentidos de virgem permaneceram inertes, e ela se abandonou à iniciação porque era preciso, mas pensando mais nessa sogra vizinha que lhe restringia a posse do marido, do que mesmo nos afagos que esse marido lhe prodigalizava num silêncio cauteloso. Ai! Que a mamãe não devia ouvir o sussurro dos beijos... E Celina acabou por achá-lo grotesco nesses sustos menineiros que lhe suspendiam o gesto amoroso e terno à meia-luz da lamparina azul...

Três dias depois, o recém-casado voltou à secretaria e a vida conjugal se estabeleceu ao lado de D. Margarida numa uniformidade tranquila, mas exasperante para Celina, que esperava outra coisa. Incapaz da mínima maldade, porém, velha, triste e ralada intimamente de ciúmes, a mãe de Alfredo não cogitava muito nos dezoito anos da nora, a quem não perdoava no fundo ter-lhe arrancado a parte mais viva do amor do filho. Demais, com toda a sinceridade dos seus austeros princípios, estava convencida de haver salvo da perdição futura essa menina, que o seu sacrifício trouxera para casa, como filha, partilhando uma existência digna, em vez de viver nas liberdades grosseiras de uma pensão cheia de rapazes. E não percebia, apesar da sua inteligência, tal o antagonismo entre as duas naturezas, que, ao fim de alguns meses apenas de casamento, de hábitos monótonos e tristonhos, era para essa pensão um pouco livre e ruidosa, para as gargalhadas sonoras de D. Adozinda, para a graça do Silva narigudo ao jantar, para as travessuras das irmãs e para a claridade do jardim estrelado de dálias vermelhas que se volvia a cada instante o pensamento saudoso de Celina, debatendo-se desorientada, entre a regra e a virtude. Santo Deus! Como ela se aborrecia nessa casa entaipada da rua das Marrecas, cheia de ordem, sempre a ouvir o toque irritante das cometas do quartel dos Barbonos! Não chegava ainda a arrepender-se de ter casado, sentindo a ternura viva do Alfredo; mas como as horas lhe pareciam lentas! Como bocejava, displicente, amarela, cosendo ao pé da sogra, que lhe narrava as perfeições morais do defunto marido, diretor de uma repartição!

Vieram depois as realidades, a gravidez, o nascimento da filha, desgostos com o afastamento significativo de D. Adozinda: e Celina descobriu que a sua nova família dispunha de recursos muito mais escassos do que ela pensara. No seu parto, viu Alfredo atrapalhado, pedindo dinheiro à mãe; e isso o diminuiu perante o seu espírito, acostumado ao respeito de D. Adozinda pelas farturas da abastança. Para que, então, se sacrificara, casando-se? Nasceu o segundo filho, Raul, e as despesas avultaram, de modo que D. Margarida apertou ainda mais os gastos da casa, severamente econômica. Ela, então, com dois filhos, os vestidos já usados e Alfredo muito dengueiro, mas sem lhe facultar os gozos da vida, começou a sentir-se profundamente infeliz, só lhe apetecendo palrar um pouco em casa da mãe, revolvendo-se naquela atmosfera mais prazenteira. Como, porém, o marido sempre a acompanhasse, transformando essas horas de expansão com a sua presença em visitas cerimoniosas, Celina acabou por não desejar mais ir a Santa Teresa, abandonando-se à uniformidade do seu viver. E os dias e os meses correram para ela muito vagarosos, muito áridos, até que a febre do pequenito abriu de repente uma réstia de luz no seu tédio, permitindo-lhe passar uns dias sozinha com a mãe e as irmãs — a alma dilatada às familiaridades e até as discussões desse lar movimentado, onde crescera e tão mal se educara.

Nessa noite da sua chegada a Santa Teresa, após um jantar muito alegre, em que a garrulice de Julieta e de Olga fizera coro com as risadas estrondosas da mãe, enquanto os olhinhos piscos do Coronel Juvenato, mais mole e mais obeso, não cessavam de observar a palidez cansada de Celina através do copo de vinho bebido devagar — nessa noite, adormecido o Raul, cujo acesso febril cedera, a moça ouviu ao lado um pigarro grosso e compreendeu que tinha por vizinho de quarto o Coronel. Sorriu sutilmente e foi entreabrir a veneziana da janela dando para o jardim, de onde subiu um aroma penetrante de jasmins e manacás, muito familiar ao seu olfato e lembrando-lhe velhas cenas, velhas coisas, o Gilberto, um sem número de sonhos e esperanças de solteira.

Então, muito nervosa, de narinas aflantes, aspirando todo esse perfume perturbador das flores, Celina pôs-se a pensar que era preciso ter muito juízo, resistir a todas as instigações da *coquetterie*, porque Alfredo e D. Margarida poderiam vir a saber...

Mas a sua vida corria tão vazia! As irmãs eram sem dúvida muito mais felizes do que ela, livres, risonhas, animadas, fazendo o que bem queriam...

Que diria o Gilberto, quando a visse? Achá-la-ia mais bonita ou mais feia? Ora, que lhe importava a opinião do Gilberto! Mas um aroma mais vivo de rosas, penetrou-a toda de uma languidez — e a boca já se lhe descerrava para um involuntário suspiro, quando a janela ao lado se abriu de manso e a voz arrastada do Coronel ciciou:

— Está sonhando aí sozinha?

— Boa noite! — respondeu bruscamente Celina, e bateu com a veneziana, correu o trinco, bem alto.

Capítulo V

Esses dias da ausência de Celina pareceram lúgubres a Alfredo, conquanto a filhinha os amenizasse com as travessuras, as perrices, o grulhar incessante, mais vivo quando o pai voltava da repartição e se lhe entregava todo, na sua ternura dócil de ente fraco e submisso.

"Queres ir à janela? queres a tua boneca de cabelos loiros? Pede ao teu papai, meu amor, que ele te dará tudo o que desejares..."

E beijava-lhe a cabecita de cabelos negros, como a da mãe, e esquecia-se a mirar-lhe os olhos negros, um pouco oblíquos, já fugitivos, como também os da mãe.

D. Margarida, melancólica, dizia-lhe às vezes, vendo-o tão excessivo na sua afeição paterna, como na conjugal, tão feminino, tão molemente dengueiro:

— Filho, filho! Olha que idolatrias não servem...

— Oh, minha mãe, deixe! É para que ela não sinta a falta de Celina...

— Falta sentes tu, não ela, que as crianças, são por natureza ingratas. E que notícias tiveste hoje do Raul?

— Melhores, felizmente... O acesso ainda ontem não veio e ele já pediu alimento. Eu pretendo amanhã, domingo, aparecer por lá com a Lucília e, se achar o menino em condições de descer, trago-os a todos...

— Deves esperar mais alguns dias, Alfredo, que essas febres intermitentes são rebeldes. Tem paciência...

Mas ele não tinha justamente paciência para viver sem Celina; e mostrou-se nessa noite tão desconsolado e murcho, sentado à sala de jantar, alumiada por um único bico de gás ninando a filha que lhe adormecera nos braços, que D. Margarida não disfarçou mais certa tosse sintomática de mau humor e disse-lhe com uma rispidez ciosa que tantas tristezas até lhe eram ofensivas, a ela, como mãe, reduzida a um zero, que nem para encher o curto prazo do afastamento de Celina servia nessa casa, tantos anos habitada por eles dois sozinhos — e nada infelizes, então!

— Pois tenhas a certeza, meu filho, que o amor de uma esposa ainda se substitui, mas o amor da mãe, nunca!

Suspirando, Alfredo combatia essas desconfianças... Não era isso! Não era isso! A mãe é que não gostava da Celina...

— Não gosto da Celina! Esta agora! — e a velha saltou na cadeira, com ira. — Dize antes que ela é que nunca se afeiçoou à sogra, à minha carranca taciturna, que não sou afinal para alegrias, quando os meus todos me morreram. Tenho-lhe feito sempre bem, aturo sem comentários a sua indolência, os seus ares aborrecidos, como se tudo aqui lhe cheirasse mal —, mas o que não posso, disso ela perca a esperança, é imitar as gargalhadas e os modos desenvoltos da tal D. Adozinda, em Santa Teresa... Que eu não sou mulher de hotel!

Alfredo fazia-se pálido e vermelho; duas vezes quis interromper a mãe e não ousou; curvando-se, enfim, sobre a filhinha, beijou-a muito nas facezitas quentes do sono, e murmurou, erguendo-se devagar com ela nos braços, como se carregasse um fardo precioso e delicado:

— E se eu lhe confessar, minha mãe, que é exatamente a ideia de minha mulher em contato sozinha com a desenvoltura de minha sogra e de minhas cunhadas, que me torna assim sombrio?

A velha esfregou lentamente as mãos e fez:

— Ah!

Nunca supusera esse filho de vontade débil, tão escravo da esposa, capaz de raciocinar com este senso moral, tranquilo e calmo. Veio-lhe um arrependimento de havê-lo tratado com uma autoridade hostil, tão áspera; e também a olhá-lo assim de pé, a face como gasta, a fronte mais calva, sinais de usura orgânica nas pregas da boca pálida e doce, uma piedade varou-lhe a alma materna, enchendo-a toda de um generoso desejo de não amofiná-lo, de esforçar-se para que ele não sofresse e vivesse feliz com a sua Celina. Foi lançar-lhe os braços ao pescoço, envolvendo a ele e à neta no mesmo abraço comovido; e, baixinho, os seus lábios trêmulos balbuciaram, fingindo sorrir:

— Perdoa à tua velha mãe ciumenta, sim? E vai amanhã ver a Celina, vai... Dá-lhe muitas lembranças minhas...

Ele, com efeito foi, levando pela mão a Lucília, vestida pela avó com a sua *toilette* branca dos domingos, uma faixa cor-de-rosa em torno da cintura e os pezinhos calçados de sapatos brancos. Sob o chapéu de folhos de renda, cabelinhos negros destacavam, brilhando ao sol; e a pequenita caminhava com uma faceirice já de mulher, mirando muito a sua pulseirinha de coral com fecho de ouro.

— Que bonitinha! Diziam as mulheres do povo, na rua. E Alfredo ria-se, com orgulho, todo o peito dilatado de prazer.

O rosto, porém se lhe anuviou logo ao chegar ao primeiro lance do jardim da sogra, encontrando a mulher em *tête-à-tête* com um rapaz, junto ao gradil, e conversando animadamente com ele, a mordiscar pétalas de uma rosa que tinha ao seio. Não reconheceu a princípio o rapaz, mas Celina, que se fizera escarlate ao avistar o marido, o apresentou depressa, atabalhoadamente, com uma febrilidade disfarçada sob os beijos muito cantados que entrou a pespegar na filhinha.

— Então, Alfredo, não se lembrava mais? Era o Gilberto, hoje Dr. Gilberto Lemos, não esquecessem! Advogado em Belo Horizonte e vindo a passeio ao Rio...
— A sua voz assumira uma ênfase cômica.

— Dr. Gilberto, eis o Alfredo, meu marido!

Os dois homens cumprimentaram-se reservadamente e Alfredo quis ver sem demora o filho, que andava pela horta com a Faustina. Nem mais parecia o mesmo! O que a criança lucrara com esses ares puros! Até já lhe viera uma corzinha às faces, ia dizendo Celina, acompanhando o marido e achando-o macambúzio. Era um domingo quente de sol; os insetos zumbiam sobre as flores de um colorido intenso, begônias cor de sangue, fúcsias de púrpura, pendentes dos galhos como rubis pesados; palmas de Santa Rita direitas e rúbidas, grandes rosas folhudas e vermelhas, toda a gama ardente do encarnado entre a alvinitência radiosa dos jasmins e dos lírios, e manchas de luz dançavam sobre o vestido claro de Celina, no percurso sob a transparência das folhagens das aleias, cuja areia rebrilhava como ouro.

— Acho-te triste! — resumiu Celina, um pouco inquieta.

— Saudades! — respondeu Alfredo, laconicamente.

Mas tiveram de parar, porque ali vinha o grupo todo da família em exclamações ruidosas: D. Adozinda com um *peignoir* roxo claro, que adejava como um pavilhão ao vento; as meninas muito faceiras em vestidos vaporosos e a criada dos Galvão com o pequeno Raul ao colo.

— Olá! Seja bem-vindo! — gritava a viúva ao genro, sempre retraído... — Quis, então, fazer uma surpresa, hein? Pensou que as cartas mentiam e o menino ainda estava doente, como veio... Pois olhe a transformação! Nem febre, nem impertinências... Está outro, está forte!

Alfredo, que beijava o filhinho, encantado, bebendo-lhe o sorriso meigo, esquecera um pouco a impressão da chegada; mas, ao corresponder a um cumprimento da Olga, viu Celina ao lado de Julieta, que lhe ciciava um segredo — e então, virado para a sogra, com Raul nos braços, não hesitou mais:

— As melhoras são tantas que nem se discutem — disse com firmeza. — O meu filho está bom, pode se afirmar... E eu fico muito grato aos ares da sua casa, D. Adozinda. O resto, agora, é uma questão de cuidados. Passearei mais com ele...

A viúva fez um gesto de espanto e contrariedade:

— Mas não vai levá-lo tão cedo?

Alfredo sorriu:

— Hoje mesmo... Vim justamente buscar o meu pessoal...

— Oh! Não é possível! Seria uma imprudência!

O rancho todo apertava-se agora contra Alfredo, mais magro e insignificante entre a exuberância plástica da sogra e os modos decididos de Julieta e Olga, que olhavam com ironia para esse cunhado sem brilho e sem fortuna, que se dava ao luxo de querer sequestrar a esposa; e os protestos insistentes choviam sobre ele como granizos sobre um débil arbusto que verga, mas não quebra.

Não, era impossível! Tinham mesmo de descer com o menino... A mãe sentia já a solidão da casa da rua das Marrecas, muito triste, sem Celina e o pequeno — e, de resto, não havia mais razão para esse apartamento anormal dele e da mulher. Faustina que fosse arrumar as roupas, a fim de partirem antes do cair da tarde, mais frio...

No entanto, Celina, de olhar desviado, tinha uma contração raivosa no rosto moreno e não se pôde conter, protestou também contra tamanha pressa.

— Estavam ali tão bem e o Raul se fortalecia tanto!

Na sua voz vibrou uma estridência de contrariedade mal sopitada, que as irmãs gozavam, rindo entre si — principalmente Olga, cuja insistência fora mais frouxa do que a da mãe, muito irritada contra a teimosia do genro. Alfredo, porém, não cedeu, dirigindo ele mesmo os preparativos que Celina fazia a contragosto, baralhando roupas com uma fúria concentrada nos gestos sacudidos, bruscos; e quando lhe escapou, a ela, esta frase rancorosa: "Lá vamos outra vez para a tapera!", a resposta do marido foi muito triste e doce, mas terminante:

— É o teu lugar!

Desceram sem se falar, Celina trombuda, ele solícito nos pequenos cuidados, às quatro horas da tarde, sob a poeira luminosa desse lindo domingo de sol refulgente; e toda a família Ferreira e alguns hóspedes ficaram a acenar de cima do jardim com os lenços, até o elétrico desaparecer na curva da estrada.

Então, D. Adozinda voltou-se para Gilberto, que lhe ficara ao pé, e rompeu, com os olhos fuzilantes de cólera:

— Que me diz a isso? Lá se foi a pobre menina para o sepulcro, a aturar a coruja da sogra e o moleirão do marido, e o cheiro a refogado da cozinha entaipada, e as tristezas de cada dia! Jesus! A gente comete mesmo cada asneira na vida!

Deu uma rabanada com o amplo roupão engomado e lá partiu pelo jardim, como um furacão fazendo tremer as plantas inocentes, desfolhando com um piparote uma bela rosa, toda ufana, que se balouçava à ponta de um galho de roseira atravancando o caminho — e enfim penetrou na casa, gloriosa, apesar de velha, sob as trepadeiras que revestiam opulentamente de uma verdura triunfal os seus muros carcomidos.

Gilberto, agora já homem, tendo deitado corpo, só conservando do antigo estudante pobre e morfino os grandes olhos negros de árabe, em que se acendia uma autoridade nova, ficara silencioso, contemplando a maravilhosa paisagem do morro inundado de sol; e não viu aproximar-se Olga, redondinha e vermelha, que lhe murmurou com uma impudência maliciosa:

— Muito tristezinho, hein? Compreende-se... *On revient toujours à ses premières amours...* Mas não haverá alguém que possa consolá-lo? — Olhava-o bem nos olhos, provocantemente, bamboleando os lindos quadris salientes. E ele, com uma rápida tremura nas asas do nariz, fazendo-se corado, envolveu-a toda numa chama de desejo e respondeu baixinho:

— Se há! Quer experimentar?

Ela não recusou, nem consentiu; cerrou a meio as pálpebras, sorrindo, e fugiu pelas aleias luminosas, cantando alto um trecho de ópera com o seu contralto magnífico, enquanto o sol a perseguia com umas borboletas de ouro que se lhe iam pousando nos vestidos, nos cabelos, mais vivas, mais apagadas, à proporção que ela entrava em zonas de luz ou em zonas de sombra.

Lá dentro do hotel, o Coronel Juvenato chamara com um discreto "psiu!" D. Adozinda, da porta do seu quarto, prudentemente aberta só a meio. E ela veio logo, com uma humildade nova na face, qual majestade decaída, que se sente sem mais forças nem prestígio para a conquista do áureo país da riqueza e da fartura.

— Então a senhora deixou a Celina partir? disse-lhe o Coronel em tom zangado, assoprando as banhas amarelas da papeira.

Ela encolheu os ombros, dominando o despeito:

— Que podia eu fazer, Coronel?

— A senhora devia ter insistido mais com o lorpa do seu genro.

— Insisti... Fiz tudo...

O Coronel bufou duas vezes, alargando o colarinho, os olhinhos piscos mais biliosos; replicou, depois, espetando o dedo para a viúva:

— Olhe...

Mas deteve-se, como arrependido do que ia dizer e rugindo entre dentes: "Nada! nada!" — virou as costas e bateu a porta sem cerimônia, encolerizado.

D. Adozinda foi voltando lentamente pelo corredor, a assoar-se com estrondo e mágoa, parafusando na sua vida e nos caprichos alheios. De repente, como se resumisse tudo quanto lhe ia na alma em uma exclamação veemente berrou, de punho cerrado, ameaçando o espaço:

— Diabos!

E correu a fechar-se arrebatadamente no próprio quarto — leoa exasperada que já não achava presa para os apetites ainda vivazes...

CAPÍTULO VI

F oi na repartição, sentado modestamente em frente
à sua pequena mesa de amanuense, perdida entre
outras na vasta sala oficial, nua e clara, e quando enchia
alguns ofícios do seu cursivo nítido em que sobressaíam
as letras maiúsculas bem lançadas, que Alfredo Galvão
recebeu a segunda picada da suspeita acordada no seu
espírito confiante, à última ida a Santa Teresa pela atitude
da mulher com Gilberto. A Celina, desde então,
andava de um humor feroz, desleixando as crianças,
atirando com as portas, encolhendo-se hostilmente na
beira da cama à noite, de costas para ele, a fim de lhe
mostrar bem a sua aversão caprichosa. E uma funda
melancolia descia, como um crepe negro, sobre o coração
sensível do pobre rapaz. Mas, coisa singular!, a mãe,
dantes tão ríspida, era quem agora o consolava e ani-

mava com uma doçura toda feminina, tão penetrante e untuosa que conseguia dissipar as apreensões que o afligiam. Embora se cavassem mais os olhos dela, analisando do fundo sombrio das órbitas os modos e as esquisitices de gênio dessa nora, que trocara a antiga indolência por uma irritabilidade inquieta de todos os instantes, fechando e abrindo janelas ora de cara zangada, ora a cantarolar cançonetas, principiando e largando leituras, costuras, arranjos, numa intenção visível de contrariar os hábitos ordeiros da casa e ser desagradável e incômoda — nenhuma censura saía mais da boca da velha senhora. Mais taciturna, apenas, mas também mais cuidadosa com o filho e os netos, parecia só observar, coibindo-se de criticar. E eram palavras confortadoras, quando a sós com Alfredo, que lhe apaziguavam o vago terror. Deixasse, que aquilo passava! Eram nervos de mulher estragada de mimos... Era talvez... um começo de gravidez — e ele devia ter paciência... No fundo, Dona Margarida é que vivia inquieta, farejando essa sobre-excitação que datava da volta de Santa Teresa...

Entretanto, nessa manhã, em sua repartição, empolgado pela rotina de um serviço monótono, Alfredo, entorpecido na cadeira, esquecera quase as atribulações domésticas, quando entrou Marino Cerveira, empregado mais antigo, pançudo e vermelho, espécie de jogral da secretaria, que se dirigiu logo à sua mesa, palitando os dentes. Era o cacoete desse bobo alegre: trazer sempre palitos no bolso e viver a esfuracar a dentuça, dizendo graçolas. Nesse momento, fitando Galvão com um riso lorpa, ele exclamou:

— Parabéns, meu caro! Parabéns!...

Todos os outros empregados se voltaram; Alfredo ergueu os olhos surpresos. Parabéns de quê?

— Pois então, seu patife! — berrou o Cerveira. — Você tem uma mulherzinha encantadora e não dizia nada à gente? Uma sílfide, senhores! — e o homem alargava o olhar esbugalhado. — Uma morena de truz, com uns olhos de ônix, grandes assim!...
Os seus dedos desenhavam no ar dois enormes círculos.

Alfredo, empalidecendo, perguntou em tom contrariado:

— Como é que você conheceu minha mulher, Cerveira?

— Ora adeus! Como se conhece o sol, quando ele ilumina a terra... Você quis fazer de nuvem ciosa, mas a luz rompeu a nuvem e eu vi, seu patife! Eu vi...

— Onde?

Os outros divertiam-se, gozavam a transparente contrariedade do marido ciumento. Risadas esfuziavam pela sala.

— Onde? — respondia a voz trovejante do gaiato, mas no lugar onde se avistam todas as mulheres bonitas da cidade: na rua... Pois onde havia de ser? Não, decerto, em algum aerostato sulcando os ares...

Gargalhadas. Galvão, contudo, ia repetindo com assombro:

— Na rua?! — e mais baixo, como para si. — A Celina na rua?!...

— Perfeitamente, homem! — bramiu o outro. — Não foi na lua... E que houve nisso de extraordinário? Ela saía de um dentista do Largo da Carioca, com a filhinha pela mão. E eu, confesso, eu logo fui seguindo-a, que por mulheres bonitas sou um babão... Mas sossegue, amigo! — fez uma rasgada e irônica reverência — Apenas soube adiante por um conhecido que era a sua senhora, acabou-se! Dei duas voltas à direita e toquei a retirada...

Alfredo esboçou um sorriso amarelo; tratou de mudar de assunto e prosseguir no trabalho, mas a mão tremia-lhe e o cérebro estalava sob a onda de pensamentos desagradáveis, tumultuando-lhe na mente. É verdade que o Morais, dentista da família Ferreira, tinha o seu gabinete num primeiro andar ao Largo da Carioca, onde a Celina já fora mesmo uma vez; mas ela nunca saía sozinha, sem ele, e ainda menos sem ciência sua. Então, como explicar esse encontro do Cerveira? E, sobretudo, como compreender o silêncio da mãe, tão austera, a propósito dessa saída insólita da nora, quando, mais energicamente do que ninguém, ela sempre verberara, num emperramento burguês, os costumes modernos de andarem as mulheres casadas em passeio sem os maridos, cada qual para o seu lado, numa dissolução de todos os respeitos conjugais?

Esse silêncio, portanto, implicava uma cumplicidade, pelo menos uma bizarra condescendência — a não ser, porventura, que a movesse a compaixão do que ele sofreria sabendo e estranhando o caso.

Isso, porém, seria o incitamento imoral a liberdades maiores, a inovações perigosas, incompatíveis com o regime do seu lar — e ele não queria, não queria... As coisas começavam a parecer-lhe bem esquisitas e anormais desde algum tempo...

Alfredo pôs o chapéu na cabeça e largou a repartição antes da hora regulamentar, entrando pela casa numa desusada atitude de irritação e angústia.

A mãe, que cosia na sala de jantar, levantou para ele os olhos pisados e logo os baixou, enquanto Lucília e Raul corriam ao seu encontro; mas ele repeliu as crianças e marchou direto à mulher, que lia regaladamente o seu romance numa cadeira de balanço. Estava ainda com um roupão da manhã, todo enxovalhado, e nem penteara os cabelos crespos, secos do travesseiro, cujos anéis desordenados lhe esvoaçavam sobre a testa e as orelhinhas, dando um picante mais vivo à treva dos olhos grandes, como pincelados de bistre.

— Não me dirás — perguntou Alfredo, numa impetuosidade de tímido, arrancado aos seus hábitos de passividade. — Não me dirás quem te deu licença para saíres à rua sozinha, sem me consultares?...

Como ela esboçasse um gesto, descansando o livro nos joelhos, ele atalhou mais veemente:

— É escusado negares... Eu soube... Acabei agora mesmo de sabê-lo, e até que foste ao dentista...

Voltou-se, então, para D. Margarida:

— E o que, sobretudo, me admira minha mãe, é que a senhora deixasse Celina sair só, não fazendo conta da minha autoridade de marido. Nem ao menos me avisar desse abuso, a senhora!... a senhora! É, pois, um conluio? um... um...

Entrou a gaguejar e resvalou sobre uma cadeira, muito branco, engolindo as expressões mais duras que acudiam à sua estranheza, à sua cólera.

A velha tinha se aproximado, trêmula, e de pé diante do filho, ia balbuciando explicações vagas — que a Celina já lhe aparecera vestida e ela não pudera impedir a saída. De resto, nos tempos modernos, o pecado não era assim tão grave, andando sós pela cidade todas as senhoras, casadas e até solteiras... Alfredo tinha os olhos fitos na mãe e interrompeu-a ironicamente, inquirindo:

— A senhora procederia desse modo, no tempo do meu falecido pai?

Espalhou-se um fugitivo rubor pelas faces franzidas de D. Margarida ao responder que outras épocas, outros costumes; mas Alfredo bateu com o pé no soalho e gritou impacientemente que não se tratava disso... A coisa era outra... Por que lhe tinham escondido a saída de Celina? Pois não estava ele ali para acompanhar sua mulher ao dentista, como a quaisquer outros lugares? Como é que de repente surgira semelhante inovação misteriosa, incompreensível? Virou-se para Celina e exclamou:

— Queres agora imitar os americanismos escandalosos das tuas irmãs, não é? Mas isto aqui não pega, minha cara... Os hábitos são diversos...

A sua voz, normalmente macia e branda, um pouco lenta, fizera-se aguda para as estridências da ira, subindo a um diapasão de falsete que lhe forçava a fraqueza das cordas vocais; e Celina, que se conservara como desdenhosamente alheia ao debate, a roer películas das unhas, deitou-lhe enfim um olhar raivoso e disse com afetada inflexão de tédio:

— Tanto rumor por tão pouco!
— Tu achas?

O rapaz tinha-se curvado, surpreendido, examinando-a; e ela, então, endireitou o busto e sibilou:

— Se acho? Mas acho, sim... E tenho mais a dizer-te, ouve lá: é que estou farta, farta até aqui — mostrou os olhos — de tanta dependência, de tanta escravidão...

— Tu, escrava?

— Decerto... Pois é brincadeira viver como eu vivo entre duas sentinelas vigilantes, sem a mínima liberdade, não podendo dar um passo, fazer um gesto, ter um capricho, sem primeiro consultar, pedir licença às duas vontades superiores à minha, que me mantêm amarrada, presa, mais presa do que se apodrecesse debaixo de grilhões, no fundo escuro de um cárcere?

O filho e a mãe trocaram um olhar consternado, como se o mundo sobre ambos desabasse, num horrível cataclismo de todos os princípios; e Celina prosseguiu, indiferente à visível angústia dos dois, parando às vezes para buscar novas recriminações no fundo da memória e com nódoas biliosas estriando-lhe a pele fina de morena:

— Atacam agora o americanismo de minhas irmãs... Mas sabes tu, Alfredo, que eu as invejo do íntimo da minha alma? Elas ao menos vivem; e eu? Eu crio mofo na rua das Marrecas.

Os seus olhos negros cintilavam, quereriam gritar ao marido a sua revolta, numa injúria aprendida com a mãe, que a presença da sogra ainda tolhia; mas tinha vontade de bater nesse ente fraco que se insurgia contra o seu domínio e levantou-se, fremente, gritando do corredor:

— Estou farta! Farta de cativeiro!

Ouviram-na fechar com estrondo a porta do quarto e os dois desviaram tacitamente a vista um do outro, como envergonhados da cena, deixando sem resposta as perguntas inocentes de Lucília, um pouco assustadinha, que insistia em querer saber por que estava a mamãe tão zangada.

Ao fim de uns minutos de embaraço, Alfredo observou com um sorriso humilhado:

— Ela finalmente não explicou essa ida ao dentista sem ciência minha...

D. Margarida, retomando a costura com os dedos, que lhe tremiam, respondeu num suspiro:

— É que não houve maldade, filho... E depois... depois... — teve um gesto contristado — agora é tarde... Isto é a consequência dos romances que ela leva a ler dia e noite...

Ele apoiou, já abatido:

— É, tem razão! São os romances...

E insinuou para o lado do quarto um olhar já perplexo, indeciso, vexado, muito infeliz, em que se acendia o desejo secreto e envergonhado de uma reconciliação que lhe apaziguasse a angústia mais forte que a energia.

A velha, que percebera, mal conteve um momento de cólera; a antiga autoridade reviveu um segundo fulgor rápido da pupila observadora; mas logo reprimiu o ímpeto e murmurou, forçando a voz a ser doce, toda ela piedade e tolerância:

— Por que não vais pedir-lhe uma explicação? Os dois, sozinhos, vocês melhor se entenderão... Vai, meu filho, vai, que as coisas se hão de arranjar. São tolices, leviandades... A Celina tem gênio...

Alfredo olhou-a longamente, com respeito, com uma infinita gratidão um imenso amor, e partiu depois para o quarto, enxugando os olhos... Ia mesmo... Era um fraco... Não podia mais...

Sozinha, então, entre as crianças, D. Margarida sentiu quebrar-se-lhe a enérgica dissimulação e rompeu a chorar com uns curtos soluços secos de velha, desabituada a expansões, balbuciando no seu confuso terror de mãe dedicada:

— Em que dará tudo isto, meu Deus?! Aonde foi a nossa boa paz?

Lucília chegou-se, um pouco espantada e pôs-se nos bicos dos pés para examinar a face da avó, que ela nunca vira nesse estado nervoso.

— Vovó está chorando? — perguntou a sua vozita curiosa.

D. Margarida prendeu-a nos braços e respondeu depressa, dominando a sua emoção:

— Não, minha filha: é defluxo...

E assoou-se ruidosamente, para melhor dissipar as suspeitas da menina...

Capítulo VII

Chuviscava fino e os morros apareciam envoltos numa bruma alvadia e densa, quando o Coronel Juvenato Sá de Miranda desembarcou em Petrópolis o ventre à *Falstaff*, em bossa debaixo do sobretudo cinzento, a papeira mais gelatinosa e lívida no cansaço da viagem matutina, e dirigiu-se, repelindo oferecimentos de tilbureiros e cocheiros de carros, para o hotel Rio de Janeiro, em frente à estação.

Malgrado a luz magoada da manhã chuvosa, a cidade serrana recendia toda como um grande ramalhete borrifado de água, tão linda, sob as neblinas que lhe aumentavam a poesia, qual branca fada sonhadora estendida sobre tapetes macios de um verde tenro.

As *villas* aristocráticas, entreabrindo-se preguiçosamente entre as camélias e azaleias dos jardins cheirosos, desvendavam salões modernos, de um *chic* estudado, que alguma criada loira, de touca e avental, espanava e arrumava, espreitando de quando em quando à janela a passagem dos carros, luzidios de chuva.

Saíam dos hotéis, ou entravam, chegando do giro matutino, figuras estrangeiras de uma estrutura diferente da brasileira — diplomatas robustos e hirtos, de face apoplética e bigodes ruivos, sólidos no pisar e duros no olhar, cujos músculos fortes se desenhavam sob os *mac-farlanes* de estofo pesado; senhoras alouradas e tesas, a gosto nos *water-proofs* caindo até os pés; misses frágeis e apressadas, sem quadris, sem seios, o cabelo em rolos na nuca sob o simples chapeuzinho de palha guarnecido com uma fita, que rufavam agilmente nas calçadas molhadas com os tacões baixos e ferrados nas suas botinas maciças. E cruzavam-se ao longo das avenidas, sob o leve toldo gotejante do arvoredo debruando os candes, as carrocinhas de comissários, com o diverso tilintar das suas campainhas, que faz reconhecer até de longe os donos — o Hugo, o Land, o Lopes, o Cruz, o Gross, encarregados de mandados e transportes para o Rio — cruzavam-se carroções de lenha e materiais, cujo condutor caminha à frente dentro da sua capa de borracha, rebrilhante de chuva, nos dias de mau tempo; e carros com os Automedontes também embrulhados em agasalhos, na boleia, e carretinhas de leite guiadas por matronas vermelhas e rudes, metidas em sapatos de homem, quando não por algum rapazelho de pés descalços, muito alvos, e a cara sardenta sob um cabelo esbranquiçado.

Enquanto na avenida 15 de Novembro as lojas abertas já tinham vida, oferecendo aos compradores as hortaliças fresquíssimas, couves-flores de um viço raro, cenouras e rabanetes rubicundos, a verdura rendilhada e fina das chicórias e das alfaces, as salsichas e as belas pernas de carneiro, servidas por uma açougueira tão rosada como a carne que as suas mãos robustas partiam, nas outras alamedas aristocratizadas pela vivenda do mundo elegante, o sono da noite ainda se prolongava nas tépidas alcovas luxuosas. Só fornecedores e criados, além do elemento estrangeiro, indiferente às intempéries serranas, se agitavam nas ruas por essa manhã de umidade, e sentia-se na cidade lânguida e formosa, como entorpecida ao bafejo inebriante da sua flora, da sua natureza essencialmente romântica, dos seus hábitos indolentes, uma existência outra que não a carioca, sem febres nem violências, de uma monotonia sultanesca, passada entre perfumes e matizes, ao incomparável fulgor de um céu todo azul ou à misteriosa penumbra das neblinas místicas, algodoando as serras que se recortam, altivas, nesse maravilhoso cenário de sonhos e melancolias doces...

A nada disso, entretanto, atendia o espírito prático do Coronel Juvenato Sá de Miranda, entrando pela sala de jantar do hotel Rio de Janeiro, a esfregar as mãos polpudas e curtas, de unhas roídas, que a friagem roxeava. Estava furioso contra a chuvinha que se obstinava em cair. E pediu, com autoritário laconismo, o almoço, gulosamente engolido com muito pão, muita manteiga e azeitona, cujos caroços cuspia no chão, sem ver os olhares com que a dona da casa, uma alsaciana trombuda, o varava da caixa, a pensar nos motivos que o tinham trazido das suas comodidades no morro de Santa Teresa a essas alturas brumosas de Petrópolis.

A verdade é que ele era um santo homem e, desde o Ceará, antes e depois de rico, como particular ou chefe político, quer na família, quer no círculo dos amigos e correligionários, ninguém dispensava a sua intervenção assisada, o seu parecer ponderado e o seu valioso apoio, em qualquer emergência grave de uma ameaça aos princípios do catolicismo, de que ele se constituíra o constante, o ativo, o intemerato, o formidável campeão nestes tempos de irreverente descrença.

No momento presente, bem angustioso para verdadeira fé religiosa, veemente e firme, trata em Petrópolis de um caso importante e assustador: o de um sacerdote que se declarara incompatível com as obrigações de ministro da igreja romana e deixara as ordens, abraçando a religião protestante e contraindo casamento. A nova profissão de fé desse renegado e o seu consecutivo matrimônio num templo protestante haviam escandalizado horrivelmente os católicos petropolitanos, tão ferventes; mas, como se tais crimes ainda não bastassem, eis que o ousado e recente protestante anunciava agora a abertura de um grande estabelecimento leigo de educação e ia instalar-se mesmo em frente ao mais antigo colégio católico da localidade...

Oh!, que indigno arrojo! E os doutores Sant'Anna e Macieira, deputados federais, mas residentes na cidade serrana, tinham resolvido convocar uma grande reunião de católicos e católicas com o fim de assentarem numa firme medida defensiva, congregando-se e apertando fileiras em nome da cruz sagrada, contra o perigo iminente de impiedade que andava tão perigosamente a lavrar. Fosse embora a guerra, insidiosa ou às claras, mas haviam de clamar às armas para o combate urgente.

Como convidados do Rio, tinham vindo o Coronel Juvenato Sá de Miranda, conterrâneo e amigo velho do Deputado Sant'Anna, o acérrimo advogado do catolicismo na Câmara, na Capital, em Petrópolis, e em cujo lar ia realizar-se a reunião; o jornalista Camilo da Lira, velho, enfezado e mestre em sofismas teológicos; o Comendador Martiniano de Souza, benemérito e abastado protetor de asilos e obras pias; o Dr. Ramalho Dias, pequenino, sempre metido em luvas negras, não falhando nunca uma missa; e enfim o esgalgado padre Trigueiros, baiano, de uma verbosidade pernóstica, que de raramente envergar a batina, sempre em pândegas e choros, de viola em punho, repinicando um fado como ninguém, já trazia a veste sacerdotal com um desazo estranho, que parecia até cômico. Mas era padre, era santo: não o pudera esquecer o Dr. Sant'Anna em sua faina inquieta de indivíduo bilioso, como o Coronel Juvenato, também gordo e baixo, pelancudo, com uns olhos redondos e severos que gritavam virtude e austeridade na sua face amarela de filho desse mesmo Ceará, tão pródigo em gente de altos princípios. Era em coisas tais que pensava o Coronel, cuspindo os caroços das suas azeitonas como quem rejeitava da alma indignidades e, apenas sorvido o café, veio palitar os dentes à porta do vestíbulo; chamou enfim um tilbureiro e partiu para a casa do Deputado Sant'Anna, um pouco afastada do centro. O rio Piabanha, apertado ali entre os barrancos das margens maltratadas, rolava, crescido pelas chuvas, com um murmúrio queixoso e, por entre esse murmúrio, um rumor se escutava, mais forte, vindo das janelas de uma vasta sala aberta para o jardim próximo da rua.

Era a reunião católica; eram as vozes dos pios assistentes discutindo com verbosidade, convicção e fogoso calor os atos revoltantes do sacerdote ímpio que afrontara as leis da Igreja Romana e via ser enxotado de Petrópolis pelos fiéis congregados.

A sua presença ali, naquele centro de inabalável fé, era uma suprema injúria. E, de resto, que tremendo perigo, esse colégio em que a infância beberia lições de uma liberdade de consciência contrária a todas as doutrinas da religião!

A entrada do Coronel Juvenato foi saudada com palavras de viva simpatia, abrindo-lhe o seu velho amigo Sant'Anna um lugar à mesa que ele presidia, como cabeça da seleta reunião; e logo se ergueu D. Júlia do Amaral, piedosa e gorda senhora de face rubente, trajando um vestido de merinó preto já ruço, que atirou nervosamente para trás, uma espécie de cabeção padresco também preto, cobrindo-lhe os ombros — um mais alto do que o outro — e exclamou:

— Todos, todos os meios serão gratos a Deus, uma vez que se consiga expulsar o maldito desta localidade... Não deve haver escrúpulos...

Falava retorcendo um pouco a boca para a direita, como se sorrisse de um só lado, e as palavras lhe saíam assopradas, às vezes gaguejantes.

Dr. Macieira concordou imediatamente. E, esquelético, saltitante, pôs-se a sibilar, com a sua estranha voz de graves e agudos, que Madame Amaral, uma das mais fortes influências do centro clerical petropolitano, resumira em dois traços justos e rápidos sua própria opinião. Todos, todos os meios contra o renegado seriam agradáveis a Deus! Nenhum escrúpulo devia detê-los...

O Deputado Sant'Anna, da cabeceira da mesa, rolou seus olhos redondos e severos pela assistência e disse com solenidade:

— O caso é este, meus senhores e minhas senhoras: uma casa de educação leiga vai abrir-se mesmo defronte do nosso mais antigo e prestigioso colégio católico, onde nós todos recebemos, e hoje recebem os nossos filhos ou netos, uma instrução virtuosa, de acordo com os santos princípios da religião católica, apostólica e romana, que professamos. É o mais torpe desafio lançado à nossa igreja pelo padre imoral, que renegou os seus votos de ministro de Deus e pretende ainda por cima contaminar com a dissolução dos seus ensinos a infância desta terra, se os pais não a defenderem contra semelhante elemento corruptor. Ora, a questão está neste pé, e foi para lhes ouvir o valioso parecer que os convoquei, agradecendo a gentileza do comparecimento. Podemos, nós, católicos fervorosos, consentir que esse renegado da igreja se estabeleça em Petrópolis, fortaleza da fé? — e os seus olhos tristes de mocho interrogaram a sala. Um formidável clamor se levantou:

— Não, de modo algum! Nunca! É impossível! Urge lançar mão de todos os recursos para expulsar daqui esse homem...

Uma voz fina casquinou:

— Vençamo-lo pela fome! Abra-se uma campanha difamando o colégio, seu meio de vida, antes que lhe cheguem alunos...

— Bravo! Apoiado! É isso mesmo! uivaram outros membros da reunião.

Aproximou-se então, pesadamente, o Padre Norberto, capelão do Colégio das Filhas de Santa Perpétua, que fungava a sua pitada de rapé no vão de uma janela e, todo melífluo e doce, disse com um gesto prometedor da sua bela mão eclesiástica:

— Das mães cá me encarrego... Eu lhes falarei, do púlpito e do confessionário, de modo que nenhuma ouse pôr seus filhos nesse ímpio colégio. Aqui a D. Chiquinha, a D. Júlia e a D. Leonor, como mães cristãs, é que bem podiam do seu lado auxiliar a nossa obra. Conselhos... Conversas...

— Pois não! Pois não, senhor padre Norberto! — romperam as damas reclamadas, num ardente assomo de zelo. — O excomungado há de saber para que prestam santas línguas de devotas...

— E eu — atalhou com veemência o jornalista Camilo da Lira, ensaiando um passo de capoeira com as pernitas zambras, enquanto prendia atrás da orelha o cigarro apagado — eu mostrarei ao bandido a força da minha retórica, quando a adubo...

— ...de sarcasmos e sofismas... — interrompeu uma voz risonha.

O jornalista pulou, de beiços arreganhados:

— Não, senhor! De argumentos tirados da minha ilustração, pois duvido que exista quem melhor conheça do que eu teologia, história, ciências, tudo... Se uso de

ironia é porque a armazinha fere, dói... E sei manejá-la — teve um sorriso medonho. — Sim, lá isso, sei... De Deus me vem a força de brandir o gládio acerado...
Argutia omnia vincit...
Doutor Sant'Anna bateu com o punho na mesa para cortar a discussão; e ajuntou:

— Bem, nosso padre Norberto e aqui estas dignas senhoras, além de outras mais, encarregam-se das mães petropolitanas... Eu tomo a mim a imprensa local, tanto que já comprei um jornaleco da terra para esse fim. Ali o padre Trigueiros, no Rio, alude em suas prédicas ao sacerdote desbriado que despiu a batina sagrada — e o eco chegara até cá... O Dr. Ramalho Dias...

Pequenino, estendendo as mãos calçadas de luvas negras, o advogado respondeu logo, pressuroso:

— Comigo é no foro, onde o patife tem questões de interesse particular. Ele verá para o que serve a chicana...

Soergueu-se, então, da cadeira o Coronel Juvenato, que até aí se mantivera calado, observando a assembleia, de bochechas trêmulas como se mastigasse em seco:

— Meus senhores! Eu lastimo que tão insignificantes sejam os meus préstimos... diante de tantas e importantes coadjuvações em serviço dos virtuosos princípios da nossa igreja... Mas, como todas as campanhas necessitam do nervo da guerra, que é o dinheiro, entro eu com a minha bolsa para quanto acharem preciso...

Vozes berraram, num entusiasmo:

— Bravo! Muito bem! Havemos de esmagar o ímpio! Abaixo o padre imoral!

Nesse momento, alguém lançou um tímido protesto, que explodiu como uma bomba de dinamite entre o grupo católico enfebrecido. Partira de um rapaz de aspecto plebeu e pacato, aloirado, vermelho, que dizia confusamente, com um sotaque alemão:

— Peço perdão a Vossas Senhorias, mas há engano... O padre é bom homem... É muito caridoso... Ele renunciou às ordens porque sua consciência mandou, mas só faz o bem... A senhora dele...

Esta última frase do alemão quebrou o silêncio de espanto provocado pela sua intervenção imprevista e, num alarido terrível, toda a assembleia levantou-se para expulsar o impudente indivíduo, concluindo de pé as últimas determinações para enfim se dissolver em diversos bandos, que se espalharam pelas calmas avenidas de Petrópolis, enchendo-as de rumores e comentários.

O Deputado Sant'Anna quis acompanhar o seu velho amigo Coronel Juvenato, e saíram juntos, palmilhando calados o macadame umedecido pelas chuvas da manhã. Fizera agora uma estiada, e o coronel enfim murmurou para o camarada:

— Boas carnes, aquela Dona Chiquinha, hein?

O outro respondeu indiferente:

— Sim, bem-feita... É amante do...

Olhou em redor, curvou-se, e disse um nome ao ouvido do Coronel Juvenato, que pulou para trás, de surpresa:

— Quê?!... Desse padre tão austero?

O deputado teve um largo gesto filosófico, rosnando do fundo do papo:

— Coisas...

Então o coronel, depois de alguma indecisão, desabafou que ele também andava metido numa aborrecida história, que o trazia preocupado... Uma dessas tolices!
— Questão de mulher? — perguntou o deputado chupando o charuto. O outro disse que sim com a cabeça, e o Dr. Sant'Anna, então, ajuntou:
— Pois é marchar, homem, que não te falta o elemento primordial: o dinheiro.
O coronel observou com abatimento:
— A pequena é casada e é séria!
— Ora! — respondeu o deputado.
Mas o cearense prosseguiu, mais baixo, em tom humilhado:
— Há outra coisa: eu fui amante da mãe...
Doutor Sant'Anna alargou desdenhosamente os braços, rolando os olhos redondos:
— Que grande impedimento! Se se fosse a pensar nisso! Mas todos nós caímos nas mães, para depois desejar as filhas...
Teve um riso rouquenho e acrescentou:
— São os trâmites do ofício...
Depois, como chegassem a uma esquina, ele se lembrou de uma visita que tinha a fazer naquele ponto e despediu-se calorosamente do coronel:
— Obrigadíssimo, meu caro... E está tudo combinado, não? Jamais consentiremos que triunfe a desfaçatez do vício neste meio altamente católico...
— Decerto! Confirmou o outro. Os princípios da igreja antes de tudo, e Deus, nosso Pai, que nos ajude!
— Desce hoje mesmo?

— Sim. Vou pelo trem das quatro horas. Quero dormir nos meus cômodos de Santa Teresa...

O deputado assentou-lhe um murro jovial no abdômen saliente:

— Tratante... vais ansioso pela pequena...

O coronel, porém, desenganou-o com um trejeito cômico de desalento, que lhe sacudiu a papeira mole e lívida:

— Qual homem! Não mora lá! Só está a mãe e essa! *Tempora mutantur...*

— *Et nos in illis...* — acabou, rindo, o Doutor Sant' Anna.

— Então adeus!

— Até o Rio!

Apartaram-se. E as neblinas úmidas continuaram a desdobrar-se, silenciosas, densas, grisalhas, envolvendo casaria e morros num frio sendal, recobrindo com o seu véu gotejante de garoa, como num instinto de pudor, todos os planos, e as manobras, e as hipocrisias, agitadas durante esse dia na mui linda e balsâmica cidade de Petrópolis — atual centro do mais acendrado e ativo fervor religioso...

Capítulo VIII

Em casa de D. Adozinda Ferreira, Julieta abotoava as luvas, pronta para sair, e Olga ensaiava penteados ao espelho, só de colete e uma saiazita curta de *baptiste* cor-de-rosa com barra de renda, descobrindo-lhe as pernas redondas e os pezinhos calçados de borzeguins amarelos. Havia uma pitoresca desordem no quarto das duas irmãs, atulhado de roupas esquecidas sobre os móveis, com toalhas ainda úmidas caídas no chão, um vestido caseiro em rodilha no tapete, aos pés da cama desfeita, entre chinelas de sola para o ar, rosas dentro do jarro d'água do lavatório, uma botina errante aqui, um chapéu de cores vivas ali, todo um arsenal de coisas disparatadas em cima da cômoda, de cujos puxadores pendia, suspensa do cabo de níquel, em forma de gancho, uma sombrinha escarlate. E o ar recendia a pó de arroz e extrato da marca Houbigant, com uma mistura de morrinha de roupas íntimas e pouco asseadas.

Em frente ao toucador, Olga dizia, curvada e de braços erguidos, o seio redondo e branco a fugir das bordas da camisinha encardida:

— Assim, assim é que o cabelo me assenta melhor, bem riçado e descendo, um pouco sobre as orelhas... Não é, Julieta?

Virara-se para a irmã, que agora prendia uma rosa ao corpete justo de lã bege com entremeios de renda *ficelle*, e esta respondeu com um momo desdenhoso dos beiços finos:

— Sei lá! Tudo vai bem à tua cara de boneca assoprada — teve um risinho sarcástico. — E para quem são tantas faceirices?... Sempre para o Gilberto, que não se importa contigo?

A pequena fez-se vermelha de cólera:

— Ainda menos contigo, sabes? Estão verdes as uvas...

— Oh! Isto cá não pega, minha cara, que outros são os meus planos, podes ter certeza...

E Julieta entrou a dar pancadinhas com os dedos enluvados no vestido, corrigindo-lhe as pregas, apurando a linha escorrida que lhe desnudava o corpo esgalgado de figurino. Era feia de rosto, mas tinha um *chic* provocante que atraía os homens na rua. E a mãe, abatida por dificuldades de dinheiro, agora com dívidas que a preocupavam, deixava-a sair, entrar, andar por onde quisesse.

Olga, que tinha as cóleras vivas e rápidas como fugitivos clarões de relâmpagos, aproximou-se curiosamente da irmã, examinando-a com atenção:

— Julieta!
— Hein?...E olhava-se de frente e de perfil no espelho do toucador.
— Quais são teus planos? Queres um marido rico, não é assim?
— Eu? Um marido?... Mas eu não pretendo casar-me, bobinha! Deus me livre do casamento... Que horror! Vejam a Celina!

Olga arregalou muito os lindos olhos espertos:
— Mas então? Não compreendo...
E soltou de repente uma gargalhada:
— Ah!, entendo... Andas com um ciúme doido de Celina, porque enfim o Gilberto...
— Tolices! — gritou Julieta, exasperada. E proíbo-te que me fales mais nesse Manfredo da roça, um imbecil que nem sabe aproveitar o dinheiro para se divertir com bom gosto na capital. Mete-se a herói de romance e leva a quebrar os olhos como peixe que nada... entre duas águas... Sim, sim — apoiou mais Julieta — porque bem percebo o jogo: ele oscila entre a casada e a solteira, sem energia nem verdadeira paixão para se decidir... É um parvo sentimental... Tem apetites, não tem audácias. E eu gosto da audácia, do gozo, da vida agitada, da riqueza prática, sem sentimentalismo piegas... Saber querer: eis aí tudo!...

Olga tinha se sentado à beira da cama desmanchada, acariciando os braços nus com os dedos gordinhos; e disse, por fim, continuando a examinar a irmã, que compunha o véu, muito verbosa, exaltada pelas próprias palavras:

— Eu tenho cá uma ideia, Julieta: é que o Coronel Juvenato é que te servia... Que achas? O diabo é que homem tem mulher lá nos sertões cearenses...

— Ah!, se fosse só isso! — contestou ambiguamente Julieta, com um leve rubor nas faces morenas. Mas o coronel tem outro objetivo, que não sou eu...

A pequena riu com malícia:

— Celina, hein?! Pensas que não vejo?

A irmã desfechou-lhe um olhar irritado e caminhou para a porta, voltando-se para dizer do limiar, apanhando a saia:

— Estás vendo muita coisa e eu hei de contar a mamãe...

— Ora, mamãe! E tu, que fazes? Por que é que ela não repara na tua vida à solta?

Julieta deu novamente uns passos para dentro do quarto, esquecendo a porta entreaberta, e sibilou com raiva:

— Eu tenho quase vinte e um anos, entendes? E ando farta desta casa velha, de tanta privação, de contas por pagar e meias remendadas... Mamãe sabe que tenho um gênio prático e não me ocupo de namoros. Como tu... Compreendo a vida e procuro dinheiro sólido, base de tudo...

A pequena tinha se erguido, com as faces acesas, a sua nudez encantadora resplandecendo ao reflexo da saiazita cor-de-rosa e, também raivosa, exclamou:

— Então, é melhor que te faças de uma vez *cocotte*...

Julieta estremecera, com um fulgor mau no olhar de súbito perplexo embaraçado, até que respondeu, num involuntário assomo:

— Quem me dera!...
Mas um gritinho da irmã lhe atalhou o resto da frase e ela viu com espanto que Olga, toda vermelha e cruzando os braços rapidamente sobre o seiozinho descoberto, corria a esconder-se atrás dos pés da cama, pedindo entre risos confusos e nervosos:
— Vá-se embora, Doutor Gilberto! Vá-se embora, pelo amor de Deus! Foi Julieta...
Esta, virando-se, lobrigou o rapaz ainda parado no corredor e balbuciando desculpas aflitas, embora de olhar avidamente pregado no interior desse quarto, onde lhe aparecera um quadro tão gracioso. Ele ia passando por acaso e vira a porta entreaberta... Perdoassem-lhe a involuntária indiscrição... Por favor!
— Está perdoado, doutor!, — concluiu Julieta com aspereza, reunindo-se a ele e batendo a porta atrás de si. Ouviram-se as vozes dos dois no corredor e mais o *frou-frou* do vestido da moça. Depois, caiu o silêncio completo.
Então, Olga saiu do seu esconderijo e foi mirar-se de novo ao espelho, com risos calados e contentes, toda uma garridice sensual de gatinha repolhuda e linda, confiante no prestígio da sua carne rija, cor de leite, a que um sangue rico dava tons rosados de flor quase ainda em botão.
— Ora! — ia murmurando com orgulho — é impossível que ele não me prefira à Celina... Mas ai! — deu um pulo — que aí vem mamãe e eu ainda não estou vestida para ir à aula...
Entrou a enfiar precipitadamente uma blusa e a saia preta, enquanto a mãe, aos ralhos, penetrava no quarto,

investigando tudo com o seu olhar fiscalizador de ativa dona de casa. Que desordem! Era sempre isso, e ela que ficasse em casa a arrumar, como uma escrava, para que as donzelas se divertissem na rua... Apre! estava farta de desmazelo... Ao menos a Celina fora sempre arrumada e não lhe dera tantos trabalhos... Até arranjara cedo um marido!

A pequena encolheu irreverentemente os ombros. Era fresco, o Alfredo... Assim, ela dispensava para si... Queria melhor.

A mãe, entretanto, ia arrumando uma coisa e outra, apanhava as roupas, sacudia o leito e, ao mesmo tempo, desenrolava um monólogo, fazendo tremer o assoalho ao peso dos seus passos decididos. Sim, ela não pretendia negar: o Alfredo saíra um marido pulha, pulhíssimo... Nem dinheiro, nem brilho, nem posição... E a Celina era uma besta! Mas onde estava o balde das águas servidas? Sempre fora do lugar... Que meninas desmazeladas! A Celina era uma besta, era. O fato, porém, é que se casara; e mesmo que agora desse uma cabeçada, não seria mais como se o fizesse em solteira. Já não tinha a mesma importância. E, a propósito, justamente...

Parou diante de Olga com um jarro na mão direita, uma saia no braço esquerdo, e observou com veemência:

— A propósito, quero perguntar-te: que brincadeiras são essas com o Gilberto? Olha que ele gosta de Celina...

A pequena encarou a mãe com despeito e surpresa:

— Gentes! Mas Celina é casada!

— E tu és solteira, pateta! Casa primeiro, que eu não quero histórias com uma filha menor...

As pupilas da menina alargaram-se de indignação:

— E essa, mamãe! Então Gilberto não pode gostar de mim para casar? Ele porventura não requestou Celina para sua mulher?

D. Adozinda teve um gesto de sacudida experiência, que a borrifou toda da água do jarro, e respondeu amargamente:

— É que nesse tempo ele era pobre... Hoje é rico, minha cara... Não digo que não te namore, mas, no fundo, está longe da ideia de casar. Ao primeiro rebate, viagem para Minas... Depois, depois... Deixa de orgulhos, menina, que tua irmã é sempre a preferida...

— E mamãe consente?

A viúva fingiu não ouvir, muito ocupada em limpar e esfregar com um trapo o mármore do lavatório. Então, a pequena, que ficara pensativa, contemplando fixamente a mãe, acabou por dizer, preparando-se para sair e com uma significativa careta de nojo, muito pouco respeitosa:

— Hum!... Mamãe é imoral! Nunca vi!

— Olga! — berrou D. Adozinda, ameaçadora.

Mas a menina saltara ligeira para porta e de lá dizia, rilhando os dentinhos brancos e batendo o pé:

— Pensa que eu tenho medo? É imoral, sim. Hei de repetir muitas vezes... E eu me casarei com Gilberto, que gosta de mim... Gosta, gosta, gosta...

Como a mãe se atirasse, enfurecida, brandindo a vassoura, ela fugiu, empurrando a porta, que se fechou; e D. Adozinda, exausta, o farto seio arquejante, resvalou numa cadeira, entre as roupas servidas, abraçada maquinalmente ao cabo da vassoura, murmurando com um beiço pendente e desanimado:

— Oh! Estas filhas! Que inferno, a família!

A crise conjugal de Alfredo Galvão e Celina tinha amansado, e a moça parecia mais submissa depois da reconciliação, não sacudindo tanto a velha casa com as alternativas do seu gênio, conquanto a ambiguidade do olhar e do sorriso a mantivesse impenetrável, mesmo na temporada dessa calma aparente. Na realidade, ela vivia num combate íntimo permanente e só o mutismo continha as explosões que ameaçavam a cada instante irromper do fundo da sua alma concentrada. É que, se por um lado, a profunda ternura do marido a comovia e ela sentia amolecer-se-lhe o rancor, fitando os olhos meigos de Alfredo, evocando-lhe os rasgos de bondade, vendo-o sempre pai tão desvelado, tão paciente, capaz dos maiores sacrifícios pela família; a fraqueza do seu caráter burguês, por outro lado, a enchia de uma fremente irritação. Essa Bovary da rua das Marrecas sonhava uma existência mais larga, a independência da mulher elegante e rica, vestida com apuro, que sai só, vai a teatros e alimenta a corte ardente de muitos adoradores.

Invejava as irmãs, que desciam todos os dias de Santa Teresa tafulas, faceiras, conversando com os homens, aspirando o incenso cálido e estonteante das múltiplas admirações. E sentada nessa sala de jantar um pouco sombria de D. Margarida, franzindo o nariz ao cheiro das panelas que Joana remexia na cozinha próxima, ainda esguedelhada do leito, sabendo que nada tinha a esperar do seu dia senão a volta sempre igual de Alfredo, às mesmas horas, e depois algum passeio arrastado pela Avenida Central ou pelo Passeio Público, a dois passos, onde a música a penetrava de uma saudade histérica do antigo amor de Gilberto, hoje tão bonito e vigoroso.

Celina remoía uma imensa desolação que lhe arrepanhava os traços finos. Debalde vinha D. Margarida oferecer-lhe uma fruta, um doce, buscando entretê-la com as suas conversas um pouco atrasadas, de um sentimentalismo que parecia ridículo a essa nora de ideias modernizadas. A infância de Alfredo! A cor dos cabelos de Alfredo quando menino! A agonia e a morte dos cinco filhos que ela não cessava de chorar, contando trechos da vida deles, rememorando palavras, estroinices do colégio, coisas velhas, remotas, que não podiam interessar à moça, no fundo distraída e detestando a sogra, como se dela lhe proviesse todo o tédio da sua existência! Tinha-lhe, porém, respeito; envergonhava-se às vezes de senti-la de uma envergadura moral muito superior à da própria mãe; e engolia as impertinências que lhe borbulhavam no espírito, prestes a materializar-se em irreparáveis respostas.

Chegou um dia o Galvão com a notícia, que ele dava a piscar maliciosamente um olho, defendendo o chapéu contra a investida ruidosa dos filhinhos, que avistara a Olga muito entretida a conversar com o Gilberto na esquina da travessa Flora. E mesmo o rapaz lhe comprara um ramo de violetas, que a pequena logo prendera ao peito, encantada.

— E está bonitinha, a tua irmã — ajuntou Alfredo —, muito bonitinha! Ali há namoro... Quem sabe se não surgirá algum casamento? Eu estimaria muito.

Celina tinha empalidecido, sem um comentário. Mais tarde, a sós com o marido, roçando-lhe a face pelo pescoço numa carícia imprevista, pediu-lhe em voz de mimo, rara da sua parte:

— Vamos jantar amanhã em casa de mamãe, sim? Eu sigo cedo com as crianças e tu sobes ao sair da repartição...

Mas Alfredo não podia, não podia; tinha muito trabalho com a mudança do chefe, esperando ser promovido a oficial, e andava derreado... Iriam juntos no domingo, sem falta... Mais um bocadinho de paciência! O que ele sentia...

Então, Celina emudeceu e fez-se de novo sombria.

Ao outro dia, Alfredo na secretaria, Faustina, criada das crianças, veio anunciar com espanto que estava à porta o Coronel Juvenato, perguntando por Celina.

— Abra a sala e faça entrar! — ordenou a moça, muito perturbada, levantando-se com um rápido olhar desolado para o roupão enxovalhado de chita e corrigindo às pressas o desalinho do cabelo. — Que será, meu Deus?! Mamãe estará doente?

D. Margarida ergueu os olhos fundos e perguntou, fitando-a por cima dos óculos:

— Vais receber esse homem na ausência de teu marido?...

— Por que não? — respondeu Celina em tom agressivo. — Estou acaso prisioneira nesta casa?

E, sem convidar a sogra para vir à sala, correu ao quarto, deu um jeito com o pente à massa ondeada do cabelo, passou o arminho com pó de arroz sobre as faces e dirigiu-se ao corredor, atropelando no caminho as crianças que insistiam em lhe acompanhar os passos.

— Já para dentro! Arre! Que não me largam as saias!

Ela, finalmente, não gostava do Coronel, cujos olhares lúbricos muitas vezes a tinham escandalizado. Achava-o de resto feio, grotesco, com essa papeira amarela sempre a tremer, a cara também gelatinosa, os olhinhos piscos sob uns supercílios grisalhos e duros, que davam à sua obesidade um aspecto autoritário de ente mau. Mas ele chegava de casa da mãe; era alguém lá de cima, desse centro risonho que a sua alma entediada apetecia e, depois, a riqueza do homem o revestia, malgrado tudo, de um prestígio que tornava a sua visita agradável. E Celina entrou na sala com um secreto sentimento de orgulho satisfeito. Sentia-se uma personagem procurada.

— Que surpresa, Coronel! — disse-lhe, entregando a mão fina e macia ao aperto demorado dos seus dedos curtos.

Mas ele não vinha, como ela pensava, da parte de D. Adozinda, não! Vinha por si, trazido por umas saudades tão vivas que não pudera mais dominá-las.

Celina recuou um pouco a cadeira, corando, embaraçada pela expressão ardente da face do coronel; e ele perguntou-lhe:

— Fiz mal?

Ela hesitou. — Não, isso não... Mas o Alfredo é que talvez não gostasse... Uma pena ter o coronel escolhido para a sua visita essa hora em que ele estava na repartição.

— É que eu não vim visitá-lo a ele. Vim unicamente por si, por si, fique sabendo...

E quis segurar-lhe a mão, que Celina puxou, com um instintivo olhar de medo para a porta. O coronel compreendeu, aborrecido:

— A velha está aí, não? — perguntou.

Esse modo desdenhoso e familiar feriu o melindre bizarro da moça, que franziu as sobrancelhas finas num desejo de repor esse audacioso no seu justo lugar de visita respeitosa. Mais reservada, retorquiu em tom de estranheza:

— É à minha sogra que se refere? Sim, D. Margarida está em casa; e os meus filhos também estão com ela. — Fazendo-se convencionalmente amável, ajuntou — E como vai mamãe? As meninas têm passeado muito?

O coronel Juvenato recostava-se agora na cadeira, bisonho e trombudo. Ora, a pequena! Mas ele ia dar-lhe uma lição; e perguntou com estudada malícia:

— Não quer também notícias do Dr. Gilberto?

Celina amuou, muito vermelha.

— Pois eu lhas darei, com prazer. O rapaz anda esplêndido, já consolado da ausência de certa pessoa dantes muito querida, e frequentador assíduo das portas do Instituto Nacional de Música... Oh!, é uma paixão inocente a da arte musical...

Sem uma palavra, dissimulando as picadas ao seu despeito, Celina deixava-o falar, com um calor insuportável nas faces e ia pensando na volúpia com que castigaria Gilberto e Olga. Que ela não queria o moço para coisa nenhuma: era casada; mas esquecê-la o traste desse modo, quando tanto jurara adorá-la, mesmo sem esperança — e só porque ela não ia a Santa Teresa —, que desaforo! Que vileza de homem. Esfriavam-lhe as mãos de raiva concentrada...

Então, o coronel, que a estava achando linda nesse rubor, nessa emoção, correu os olhinhos pela sala antiga, mobiliada com um sofá e consolos de jacarandá, sobre cujo tampo de mármore se namoravam desde quarenta anos um pastor e uma pastora de porcelana, piegas e dengosos no seu eterno sorriso de louça; examinou umas flores artificiais da mesa central, recobertas por uma gaze verde, e os quadros, um retrato a óleo muito escuro do avô de Alfredo, suspenso sobre o velho canapé, bordados encardidos, um álbum anacrônico — depois do que, voltando à Celina, disse-lhe com veemência crescente, todo trêmulo:

— Que cenário indigno de uma mulher da sua ordem! Como pode viver aqui, estiolada entre estas antiguidades lúgubres e poeirentas, Celina? Sem conforto, sem uma auréola digna da sua beleza, deixando escoar-se sem proveito os melhores anos da sua mocidade? Escute, minha filha... Eu a estimo desde pequena e dói-me vê-la assim tão fora da moldura que merece e eu poderia dar-lhe... Poderia, sim! E só você querer. Se eu ando doido de todo!

Aproximou-se mais, com os olhinhos injetados, e a moça encolheu-se, achando-o medonho. Ela gracejou por fim, entre o medo e o sarcasmo:

— Mas, Coronel... Tenha modos... Lembre-se de que Deus não admite o que o senhor está propondo... E com os seus princípios!...

O cearense sacudiu rudemente os ombros:

— Ora, menina, Deus não se mete nestas fraquezas humanas... Não fale, não proteste... É assim! É isto! Uma moça bonita, como você, não pode afundar numa existência igual. Precisa de luxo, de realce, de brilho. E eu quero... Mas não me fuja, que tolice! Eu não lhe faço mal. Então, Celina?

É que a mulher de Alfredo fora refugiar-se no sofá, distante do coronel, agora muito afogueado, cujas mãos audazes buscavam prender a cinta fina da moça com gestos enlaçantes, enquanto a boca ia continuando a tartamudear asseverações de um interesse todo paternal, sem malícia.

Celina saltou afinal para o centro da sala, inquieta, ordenando:

— Coronel! Contenha-se!

Ele, porém, rugia entredentes, com a gelatina da face a tremer:

— Que tolice! Eu não lhe faço mal, pois que a estimo. Olhe, venha sentar-se aqui, aqui, para conversarmos. E dou-lhe tudo, casa, dinheiro, joias, *toilettes*... o que quiser... Levo-a até para a Europa... Terá carro, automóvel... Mas ouça, menina... Oh!, Celina!

Um brusco recuo da moça derrubara uma cadeira e ambos voltaram depressa aos seus lugares cerimoniosos: ele, amarelo, arquejante; ela, de olhos refulgentes de cólera, escutando; e, no súbito silêncio da sala, sentiram passos arrastados no corredor. Numa conivência forçada, fingiram, então, prosseguir num diálogo já encetado e a porta abriu-se, aparecendo D. Margarida a conduzir pela mão os dois netinhos lavados e de *babies*, trocando banalidades. Ele ia passando excepcionalmente por ali, com um negócio no quartel dos Barbonos, quando se lembrara que a família Galvão residia nessa rua e, então, subira para apresentar os seus respeitos. A senhora D. Margarida estava melhor dos seus antigos incômodos? Parecia-lhe bem disposta...

No íntimo, delirava de furor. Velha maldita! Pudesse Satanás carregar com ela para o inferno. À saída, só Celina o acompanhou até a cancela, ficando D. Margarida no meio do corredor com as crianças. Celina ia cerimoniosa e grave. E o coronel desfechou-lhe ao descer esta frase sarcástica, a meia-voz:

— Tem algum recado para o Dr. Gilberto e sua irmã Olga?

Ela respondeu, também irônica:

— Obrigada! Eu mesma lhes direi o que for preciso!...

— Bem se vê que prefere a fruta verde... — casquinou o Coronel, despeitado, e desceu a escada, deitando-lhe um olhar de rancor.

D. Margarida, então, veio ao encontro da nora.

— Celina! Convém que este homem não volte mais aqui...

Falava em tom calmo, pausado, mas severo, e Celina logo se perfilou, melindrada, forte, afinal, porque sabia não ter delinquido, inquirindo em voz de desafio:

— Por quê?

O menosprezo do Coronel, ousando faltar-lhe ao respeito no próprio lar conjugal, onde tentara possuí-la de surpresa como a qualquer criada cobiçada pelos seus sentidos, esse menosprezo já lhe aparecia esbatido desde que a sogra tocava na sua liberdade de receber quem ela quisesse.

E ficaram as duas a olhar-se, como já um dia, em Santa Teresa — a pupila de ambas mergulhando uma na outra, medindo-se, tentando descer ao abismo impenetrável das almas, até que D. Margarida foi a primeira a desviar a sua vista desta outra vista quase insolente, e murmurou, com um pálido sorriso que lhe riscou a face envelhecida de rugas amargas:

— Por nada! Basta!

Girou lentamente, de volta ao seu recanto de velha na sala de jantar; e ia suspirando dolorosamente, de pálpebras baixas:

— Que enigma cruel, esta nora!

CAPÍTULO IX

O mês de agosto corria incerto, com lufadas repentinas de vento, pancadas de chuva intermitentes, uma grande umidade atmosférica, e Celina, mais emagrecida, levava agora a queixar-se de uma nevralgia facial que não lhe consentia o repouso. Tinha necessidade de ir ao seu dentista, que também não podia arriscar-se a perder algum dente talvez ameaçado e Alfredo, olhando-lhe a boca luminosa e fresca, acabou por concordar que seria realmente uma pena estragar essa perfeição, e deu-lhe licença para ir às duas horas com a Lucília ao Morais, no Largo da Carioca, esperando para sair que ele a fosse buscar às três e meia, quando deixasse a repartição.

O dentista, depois de um ligeiro exame, pôs-se a rir para Celina, perguntando-lhe se ela estava a zombar dele, mostrando-lhe essas pérolas intactas que eram os seus dentes — dom aliás, de família, pois as suas irmãs os tinham igualmente lindos. E largou-a para atender a outros clientes, atarracado e pressuroso.

Celina, então, consultou o seu reloginho de prata dourada e viu que eram apenas duas horas e meia.

Que bom! Tinha ainda tempo para ficar ali sozinha, gozando a sua inesperada liberdade; e sentou a pequena Lucília diante de uns jornais ilustrados, foi pôr-se à janela, contente, regalada, mirando os passeantes, que também erguiam o olhar para essa encantadora figura de mulher debruçada à varanda.

Um rapaz alto ousou sorrir-lhe do meio do Largo e ela sentiu-se desvanecida. Mas, de repente, as suas feições crisparam-se e um langor mau se lhe acendeu nas pupilas, enquanto recuava um pouco para dentro da sacada, espreitando o largo. É que desembocara da rua Uruguaiana a sua irmã Olga, lépida e faceira, apertada num vestidinho de xadrez, balouçando no andar onduloso a pasta das músicas. Vinha, sem dúvida, do Instituto e, nas suas águas, caminhava o Gilberto, muito elegante, trajando um *pardessus* cinzento de grande linha, cuja gola de veludo punha em destaque a sua face bonita e bem escanhoada, em que brilhava o bigodinho preto e curto, descobrindo-lhe os lábios vermelhos. Em breve, o rapaz alcançou a menina no centro do jardim do Largo, entre os canteiros de flores multicores. Celina, com duas rosetas de raiva nas faces, viu-os pararem bem defronte do seu campo visual, desfeitos em visos amáveis, apertando-se longamente as mãos. Conversavam agora, muito unidos; a Olga com os seus gestos provocantes de rolinha amorosa; o Gilberto, mais grave, como era o seu costume, envolvendo a pequena na luz sombria dos seus grandes olhos de árabe... Ele devia estar solicitando qualquer coisa que ela negava a meio, arrulhante, vermelha, e Celina, de cima da sua janela, sentia quebrar-se-lhe no peito a última resistência da sua passividade virtuosa, arrebatada ali pela onda revolta do ciúme que tudo lhe ia levando de rastros: medo, respeitos humanos, oscilações, timidez de mulher ainda inocente, afeição ao marido e aos filhos — tudo!

Até quando duraria essa indecente palestra no meio da rua, Santo Deus?! Ardia-lhe o rosto e, ao mesmo tempo, sem querer, ia evocando antigas palavras, antigos arroubos do Gilberto mofino e ainda pobre, em casa da mãe, quando ela, solteira, fazia o seu crochê com ele ao lado, balbuciando-lhe madrigais e versos de Casimiro de Abreu ou de Álvares de Azevedo. Dizia-lhe, depois, enternecido:

— Nunca, nunca, poderei amar ninguém como te amo, Celina! És o primeiro amor deste coração virgem e, se me abandonares por outro, morrerei de dor!

Quase morrera, com efeito, durante o seu noivado; e tinham-no visto revolver com desespero vidros de acônito e láudano no dia do seu casamento com o Galvão. E as últimas declarações, agora, ela já casada, por ocasião da convalescença do Raul em Santa Teresa!

Ali estava, entretanto, a namorar sua própria irmã, esquecido de tudo... Ah!, os homens! E se ele viesse a casar com a Olga, como poderia ela disfarçar a sua mágoa, o seu despeito e o seu ciúme aos olhos da sogra e do marido? Só de agitar essa possibilidade de uma união entre os dois, enterrava-se-lhe pelo peito adentro a lâmina fina e aguda de um estilete gelado.

Veio-lhe, então um desejo furioso, indômito, de interromper de qualquer modo o *tête-à-tête* de Olga e Gilberto, que não era mais do que uma desfeita a ela, Celina. Como ferida por uma ofensa grave e no uso de um direito muito justo, varrendo do espírito a ideia incomodativa do marido, que viria buscá-la ali, dentro de uma hora, e ficaria espantado por não a encontrar, agarrou na mãozinha da filha, um pouco aturdida pela precipitação dos gestos da mãe, e desceu a escada do dentista com a pressa de quem vai apagar um incêndio pavoroso, onde perigam vidas. Mas ao chegar à calçada, estacou, desesperada, porque o par de namorados já não estava mais no local em que o deixara, no meio do Largo. Que impudência! O olhar aflito se lhe volveu para um e outro lado, até que avistou o vestidinho de xadrez da irmã movendo-se na direção do ponto dos Carris-Carioca, e junto a essa graciosa saia *trotteuse*, caminhava o sobretudo cinzento de Gilberto... Iam, pois, à mesma hora para Santa Teresa, como noivos, como um casal na lua de mel, sem constrangimentos, nem vexames!... E ela cativa, indecisa, combatida por mil sentidos disparatados! Não, não hesitaria mais: ia avisar a mãe do que se estava passando tão escandalosamente. Alfredo que se arranjasse, que também ela tinha deveres de família, competindo-lhe, como filha mais velha, zelar pela honestidade da sua verdadeira casa.

Puxou, então, pela mão da menina, que erguia às vezes a carita para olhar, estonteada, as diversas e bizarras expressões fisionômicas da mãe, e partiu no encalço dos namorados, que apanhou já dentro do bonde a largar, na estação. Iam lado a lado, unidinhos, e Celina pulou para o banco da frente com a filhinha, voltando-se para mirá-los com a maior ironia. Tinha o rosto afogueado, luzindo-lhe os olhos negros. Olga, que corara a princípio, perguntou-lhe logo, afetando desembaraço e estranheza:

— Por aqui, neste dia chuvoso? Que novidade te traz, minha cara?

— É verdade — balbuciou Gilberto, bastante confuso, sentindo o frouxo aperto da mão de Celina —, não contava ter hoje o prazer deste encontro...

— Preciso falar com mamãe! — respondeu apenas a moça, hostilmente, recostando-se no banco, a desviar a vista para a paisagem. Tinha como um zumbido na cabeça e o seu ato de insubordinação contra o marido começava aparecer-lhe agora sob um aspecto terrificante. Que faria o Alfredo? Que faria a sogra? Que faria ela própria, se a viessem buscar? Lançou aí um olhar para trás e surpreendeu um sorriso sarcástico de Olga para Gilberto, que continuava atrapalhado, numa atitude ambígua de homem disputado por duas mulheres, igualmente lindas e tentadoras. Logo a raiva se lhe reacendeu na alma, enxotando o susto, e ela se agitou nervosamente no banco. Que viessem o marido e a sogra — mas ela não voltaria agora: havia de sustentar o seu ato. Olga não teria Gilberto, mesmo que ela, Celina, o forçasse a regressar para Minas. Assim pensado, a lembrança lhe acudiu do pequeno Raul que ficara em casa — e o coração se lhe apertou, de repente. E a Lucília?! Alfredo e D. Margarida eram capazes de tirar-lhe a filha... Ah!, mas isso nunca!, E por causa de uma precoce desaforada, como a Olga!

Num mudo assomo, tornou a voltar-se, encarando a irmã — e ambas trocaram um fuzilante olhar inimigo.

A viagem, entretanto, prosseguia entre névoas tristes, o morro encarapuçado de nuvens plúmbeas, pressagas de chuvas, que velavam a luxuriosa beleza das rampas verdes, com a casaria branquejando numa irregularidade pitoresca de planos no meio de jardins suspensos e floridos. Poucos passageiros no carro. Lucília adormecera, com a cabecinha caída sobre o regaço da mãe, o chapéu de rendas resvalando sobre uma face — e Gilberto teve de carregá-la nos braços, à subida para a casa de D. Adozinda, que as águas tinham tornado escorregadia.

Depois de entregar a menina à avó, que rompeu em fortes exclamações espantadas à chegada imprevista de Celina, e quando o crescente murmúrio das vozes lhe provou que já explodira na sala de jantar a inevitável cena de família que o ridicularizava, Gilberto acendeu um charuto e correu furtivamente a fumá-lo no jardim, ao abrigo dos maciços úmidos. Passeava de um lado para outro, costeando as lamas, a pensar muito seriamente que aquilo não ia bem e ele tinha por força de abraçar uma resolução. Mas qual? Desposar a Olga? Quebrou a cinza do charuto com a unha bem tratada de dedo mínimo e, abanando lentamente a cabeça, soprando a fumaça para o ar brumoso, em que fitou um olhar vago, inexpressivo, decidiu enfim consigo que isso não, jamais! Um mineiro não casa com uma moça desse gênero, ou acaba matando-a, como um bruto, na hora da desonra.

A verdade, entretanto, é que a pequena era tentadora, estonteante — aqui um sorriso deslizou por seus lábios —, com aquele corpinho branco e redondo, o modo de rir, os braços roliços, perfeita imagem do que a mãe deveria ter sido em nova: e só essa ideia metia medo! E a irmã, essa Julieta emancipada, livre, de andar felino, que frequentava casas de *rendez-vous*, ele sabia muito bem, para sustentar o chique das *toilettes* e dos chapéus, ressalvando apenas um último e pequeno detalhe contra veemências mais exigentes, porque, dizia ela com irônico desplante, sempre era bom prever o possível aparecimento de algum pretendente a marido, a quem reservava as glórias da completa vitória. Os rapazes tinham-lhe até posto um apelido: ela era a senhorinha "Isso não!", aliás fria, unicamente venal. E ali vivia com o rótulo de solteira, professando doutrinas imorais, cínica, profanada, ao lado de uma mãe matreira, que fingia classificar todos esses desmandos na ordem de excentricidades americanas, sem maior alcance. Julieta sempre fora desde pequena uma esquisita, uma revoltada, uma independente...

Que independência!

Assim, pois — e Gilberto entrou a acompanhar gravemente com a vista a ginástica de um gafanhoto, trepando por uma roseira — a ideia de um casamento era impossível nessa família. Outra coisa, porém — deu um piparote no inocente inseto, que tombou do galho —, significava uma responsabilidade, que podia determinar esse mesmo desastre: uma união legal...

Então, que lhe restava? Mudar-se, ou partir imediatamente para Minas... Mas estava ali tão bem, que diabo! Apressou os passos no meio das poças moles das ruas do jardim, lançando fora o charuto, que se apagara, com uma saudade já viva daqueles horizontes familiares, da liberdade que enfim ali fruía na convivência de mulheres amáveis, sem rigorismos — saudade, sobretudo, das impressões românticas, inesquecíveis, que a sua adolescência colhera sob esse teto, e tão docemente, junto à Celina — o lírio da casa!

Parou, enternecido, olhos no chão, aspirando o conhecido aroma dos jasmins aljofrados de gotas de chuva, até que a malícia lhe distendeu de novo a face, que se melancolizara ao peso das recordações, e ele se surpreendeu a murmurar quase alto, sorrindo — "Ainda lírio, sim! Mas doida por me largar nas mãos as pétalas da virtude... E por que recusarei o régio presente? Medo do marido e das complicações? O fato é que as pupilas dela me inquietam..."

E recuou, porque essas pupilas justamente ali apareciam, entre as ramagens, no lusco-fusco chuvoso, mais brilhantes, mais negras e largas, como vermelhas agora de choro, a procurá-lo, a chamá-lo... Não podia esconder-se, e Celina o avistou, por fim, correu a ele, a dizer-lhe, num tremor, numa precipitação:

— Escute, Gilberto... Em nome do passado, quero pedir-lhe uma coisa... Não recusará, não é? Não é?

Ele, abalado por essa voz trêmula, por esse modo incoerente, prendeu-lhe as mãos frias, ousou mesmo afagar-lhe os cabelos a meio desmanchados, respondendo-lhe como a uma criança em tom de mimo, embora intimamente ansioso:

— Decerto, Celina... Mas que é isso? Sossegue, fale... Que posso eu negar-lhe? Diga...

Mais nervosa, ela prosseguiu:

— Então, Gilberto, faça-me este favor: vá embora, vá embora para Minas, pelo amor de Deus, senão eu me perco, eu cometo uma loucura... Ouviu?

Ele olhou-a, adivinhando o duelo que tivera lugar entre as duas irmãs; e Celina, então, com um soluço histérico, fechando as pálpebras, de que pingavam lágrimas, atirou-se-lhe contra o peito, dizendo com raiva, entre os dentes cerrados:

— Olga quer você, mas eu não consinto que você seja da Olga... Nem meu, nem dela, senão eu arrebento tudo, arre!... Vá-se embora, Gilberto! Vá-se embora!...

Seus braços faziam o gesto de repeli-lo, mas ao mesmo tempo o puxavam para si, num exaltado amplexo, até que o moço, desvairado pelo contato desse corpo palpitante de mulher, pousou um profundo beijo na boca semiaberta, cujo hálito o queimava, balbuciando, tonto:

— Tu ainda me amas, Celina? Pois eu também te quero... muito!... Só a ti!

Mas ela abriu de repente os olhos, como acordando de um delírio, e desprendeu-se vivamente do abraço dele, dizendo baixo, a compor o penteado:

— Estou doida, não há dúvida! Foi a cena com a Olga que me pôs neste estado, foi... Aquela peste! Aquela má! Não, não me pegue mais, Gilberto!

E recuando ante o moço, que tentava novamente enlaçá-la, juntou as mãos, pediu mais súplice ainda, os olhos arrasados de água:

— Pelo amor que você me teve, Gilberto, volte para Minas, sim meu bem?

A sua voz quebrava-se dolente, e ele, arrastado, protestou.

— Amor que ainda te tenho, Celina! E por que não havemos de ser felizes, a despeito das convenções que hoje nos separam? Quem saberia, diga? O mistério torna a paixão mais divina... Fala — chegou-se mais a ela, com ar persuasivo —, queres ser minha? Eu verei um lugar seguro onde nos encontremos, uma hora, meia hora, minutos que sejam, meu amor, meu amor!

Mas um riso cruel de ironia arregaçou o lábio de Celina:

— E Olga?

Ele esboçou um gesto de enfado, que arremessava a pequena para longe, nesse momento inoportuno, e exprimia também o seu despeito por sentir Celina agora lúcida.

— Ora — disse bruscamente —, não insistas... São tolices... Prometo ser só teu. Que queres mais?

Ela tornou:

— E meu marido? Meus filhos?...

Seus olhos refulgiam incertos, aflitos, e Gilberto experimentou ainda o vago arrepio de susto que lhe causavam sempre agora as pupilas da moça. Contrariado, mais frio, ouvindo já os conselhos da prudência, ia responder qualquer coisa, quando Celina, de olhar dilatado, varando o interior muito iluminado de um elétrico que vinha dobrando a rampa da estrada, lá embaixo, apontou para o bonde e gritou, dissimulando-se atrás dos canteiros, um pânico, como se não bastasse a escuridão crescente para escondê-la:

— Alfredo vem ali, meu Deus! Não diga, não diga que estou aqui... Vou ocultar-me com Lucília no quarto de mamãe!

Ligeira, apanhando as saias, deslizou pelo meio dos maciços, tortuosa e felina, olhando a cada passo para trás, até que se sumiu na casa.

A chuva fina recomeçara, levantando uma suave fragrância de antas molhadas; e Gilberto compreendeu que pareceria esquisito ao marido de Celina andar ele a cismar pelo jardim, sob os borrifos da água e ao cair da noite. Tratou, pois, de caminhar naturalmente na direção da sala de visitas, ouvindo, quando aí chegava, os passos do Galvão subindo as longas escadas dos terraços e parando às vezes. Encostou-se depressa no umbral da porta, fingindo acender com despreocupação um novo charuto, enquanto remoía o aborrecimento de todas essas cenas, inimigas do seu egoísmo de rapaz rico.

Oh!, as mulheres! Mas, de repente, sentiu uma espécie de enleio, uma aversão profunda a qualquer encontro imediato com Alfredo e cerrou devagarinho a porta, antes que o outro surgisse em cima. Depois, encostado à veneziana, também fechada, viu Galvão assomar no jardim e deter-se sob a amendoeira, contemplando tristemente a velha casa, até que a torneou para ir falar à sogra. Vinha grave e pálido, mas sem hesitações, ao afrontar a dolorosa conferência, em defesa do seu amor de marido.

E Gilberto, descontente, como que se achou humilhado e inferior, diante do ar tão digno desse esposo ridículo que ele pretendia enganar...

A verdade é que Alfredo Galvão tinha ficado atônito por não encontrar a mulher no gabinete dentário do Morais, quando ali fora buscá-la. O dentista, porém, logo veio contar-lhe, rindo-se, que não descobrira a mínima cárie nos dentes esplêndidos de Celina e *incontinenti* a despachara.

— De modo que ela, sem dúvida, não havia tido a paciência de esperar tanto tempo por ele. A menina, talvez, entrasse a aborrecer-se...

— Com certeza — concordou Alfredo, apertando-lhe a mão.

E saiu, longe de qualquer suspeita, conquanto um pouco desapontado, porque viera afagando a ideia de fazer uma surpresa à mãe e à filha, oferecendo-lhes um *lunch* na confeitaria próxima do Largo da Carioca. Celina era doida pelos sorvetes de creme e Lucília adorava os *éclairs* macios, que lhe lambuzavam toda a carita esperta e voraz de chocolate açucarado. Umas lambisqueiras! Pois, senhoras gulosas, tinham perdido essas boas coisas pela própria culpa! E, antegozando a decepção de ambas, os "se eu soubesse", ou os "ora, papai, que pena!", Alfredo entrou pela casa com uma risonha malícia, gritando do meio do corredor, num tom de falsete:

— Lucília! Raul! *Lá, lá, iú!*

Era uma espécie de tirolesa que ele inventara, como senha, para avisar as crianças da sua chegada, mas só

Raul e D. Margarida vieram ao seu encontro — esta muito admirada, a olhar se alguém o seguia, indagando:
— Que é isso? Então, Celina e a pequena não estão contigo?
Ele pasmou para a mãe, de repente pálido:
— Como? Pois minha mulher não chegou ainda?
— Não! Celina não está aqui, nem também a menina... Eu pensava que...
— Oh!, interrompeu Alfredo, parando à entrada da sala de jantar, então... então... — Relanceou o olhar em torno e afirmou, em tom mais veemente: — Então, estou desgraçado! Agora compreendo! Minha mulher fugiu com a filha do gabinete do Morais, para a casa da mãe... Uma tramoia!
— Jesus, meu filho! Que ideia!... protestou a mãe pondo as mãos de susto.
— Fugiu, minha mãe, fugiu! Era coisa arranjada... O dentista foi uma história, um pretexto, e dali ela se safou para Santa Teresa. Com que fim, porém — apertou as fontes com os dedos —, eis o que não descubro... Sucedeu aqui alguma complicação? Vocês... vocês brigaram, minha mãe? Diga, diga com toda a franqueza, eu lhe suplico!
E avançou para D. Margarida, implorativo, mas traspassando-a com olhos inquisitoriais a que o sangue da tensão cerebral afluía. Tinha atirado inconscientemente o chapéu para a nuca; e o Raul, vestido com uma camisola de flanela vermelha, os pés gordinhos metidos nuns sapatos rasos de couro amarelo, presos por um botão e já acalcanhados, como visse o pai assim alterado, achou--lhe graça e disparou num fresco riso, cabriolando à

roda da mesa e fazendo estalar um velho chicote que trazia à mãozita.

— Sossegue, menino! Vá lá para dentro! — gritou Alfredo, não se contendo mais, numa angústia.

D. Margarida, entretanto, respondia tristemente, a fazer com os dedos trêmulos e nodosos uma solene cruz:

— Por Deus, que não se passou aqui nada de anormal, meu filho! Celina saiu até contente, risonha, a brincar com a filha... Disse-me adeus ali da porta...

— Mas, então?

— Então, é que nada há do que suspeitas. É talvez mais outra leviandade igual àquela que trouxe tão terríveis dissensões ao nosso lar; e tua mulher não tardará a voltar com Lucília, um tanto confusa, mas explicando o seu passeio. Vais ver...

Alfredo ouvia, torcendo nervosamente a corrente do relógio, de olhos a cada instante volvidos para o corredor, numa crescente alternativa de sentimentos; mas não deixou a mãe concluir, atalhou-a com veemência:

— Qual! Aqui há coisa... e vem de longe! Não é o que a senhora pensa... Que diabo de passeio pode ser esse? O Morais me disse que a despachou logo às duas horas, pois nada lhe encontrou nos dentes. Celina estaria na rua, sozinha, até agora, a girar, sem licença minha? Ora, qual! — teve um riso agoniado — Qual, minha mãe! Celina está, mas é em Santa Teresa, no meio daquela corja por que vive a suspirar... Quem sabe até...

Deu um pulo na direção do quarto e a mãe partiu no seu encalço, assustada, aflita...

Ele procurava qualquer objeto sobre a mesa da cabeceira da cama conjugal, sobre a cômoda, sobre o toucador. Acabou revolvendo gavetas, armários, roupas, até que caiu extenuado na beira do leito, ainda com o chapéu para a nuca e uma face de desespero.

— Mas que procuras, filho? — ousou perguntar D. Margarida.

— Alguma carta, algum aviso que ela me tivesse deixado aqui, antes de cometer a loucura...

E arremeteu de novo para a sala de jantar, gritou, todo transtornado:

— Joana! Faustina!

Acudiram as duas raparigas, assombradas com o tom de voz desse patrão, que era tão manso de ordinário, sempre tolerante e agradável; e ele inquiriu febrilmente, perscrutando-lhes a fisionomia, se a senhora não lhes teria falado, por acaso, em... passar... uns dias em Santa Teresa, com a menina... Levara ela algum embrulho de roupas?

Faustina, empregada moderna, respondeu com importância que D. Celina não tinha tido a intenção de ficar fora de casa. Ela jurava... Antes de sair, até ralhara por causa das rendinhas descosidas do vestidinho de D. Lucília e lhe dera a ordem de consertar isso logo à sua volta, antes de guardar as roupas no armário. Mas Joana, cozinheira velha, que conhecera Alfredo pequeno, resmungou, toda trombuda, enxugando os braços retintos ao avental:

— Ué, nhonhô!... *entonce* sua mulher *havéra* de ter ido lá *p'ra* riba sem licença de *vosmincê*? Deixa, moça não tarda aí com a pequena...

— Bem! Bem! — resumiu Alfredo, impaciente, enxotando-as com o gesto — Podem ir!

— E olhem! — ajuntou D. Margarida —, tragam o jantar...

Sem querer, malgrado a gravidade sem ainda solução do imprevisto acontecimento, a velha acariciava com a vista os dois únicos talheres para adultos que iam servir, com a cadeirinha alta do Raul no meio: e uma inconsciente doçura egoística acampava na sua alma combatida, dolorosa esperança obscura, velada a si própria, de tornar talvez a viver sozinha com o filho, como dantes, sem culpa sua na derrocada do casamento infeliz; ânsia de consolar o aflito, de encher a sua pobre vida de tanto afeto e tanto conforto, algodoando-lhe de ternura maternal os dias e as noites, que ele terminasse por esquecer a esposa caprichosa, ingrata e perversa. Já a sua mão afofava o guardanapo do filho idolatrado, dispunha a cadeira, quando Alfredo enterrou o chapéu na testa, abotoou o paletó com decisão e marchou para o corredor, dizendo laconicamente:

— Eu vou lá!

— Aonde, meu filho?

E D. Margarida correu atrás dele com as pernas trôpegas, um grande frio a traspassá-la, todas a suas esperanças jazendo por terra, como folhas apenas nascidas em uma velha árvore e logo arrancadas por um pé de vento que as vai levando em torvelinhante giro.

Então, Alfredo, com os dedos magros já no fecho da cancela, voltou para ela o seu rosto desfeito, cansado, murcho, onde a sombra das cavidades faciais, avultada pela contração dos músculos, desenhava em negro a forma da caveira; o próprio olhar, sempre tão meigo, única beleza dessa fisionomia esbatida, aparecia mudado, com uns toques de desvairamento. E ele disse, assim virado para a luz frouxa do patamar:

— Vou a Santa Teresa... Minha mãe compreende que isto não pode ficar assim... Se é a separação que Celina quer, tem de entregar a filha, que é minha... Descanse, eu vou com muita calma...

— Mas é a luta, meu filho!

Ele encolheu os ombros com resignação.

— Toma ao menos umas colheres de sopa... Estás tão pálido!

Dos degraus da escada, que já descera, Alfredo acenou que não, que não podia e, fitando longamente a mãe, teve um suspiro ansiado, como se lhe faltasse ar aos pulmões confrangidos, e partiu, rápido, não desejando mais nada ouvir, nem dizer...

D. Margarida ainda se demorou de vistas irresistivelmente presas à volta da escada em que ele se sumira; depois, com essa imagem da dor atravessada na alma como uma ponta lancinante de ferro, correu em passos miúdos para o próprio quarto, atirou com a porta e foi jogar-se pesadamente de joelhos, com um ruído seco de ossos no assoalho, arrimando-se a uma cadeira, defronte de um pequeno oratório sobre a cômoda, onde uma Nossa Senhora das Dores com o seu manto roxo constelado de estrelas de ouro, o gládio de prata enterrado a meio no coração, parecia contemplar com serena piedade o sofrer humano dessa outra mãe que vira morrer, não um, mas cinco filhos amados.

Os lábios secos da viúva moviam-se ansiosamente, e ela rogava, de mãos postas, olhos na santa:

— Virgem Santíssima! Bem sei que não pratico os deveres da religião, não vou à missa, não me confesso, nem comungo... Mas Deus sabe que esta minha alma não aninha sentimentos maus, e só um único pecado acoberta: o ciúme egoístico do último filho que a bondade divina me deixou, que eu criei a estes peitos, velei na moléstia, confortei na pena e é minha exclusiva alegria na Terra. Tive zelos da esposa que ele trouxe para esta casa; vi com olhos rancorosos a minha substituição por outra na ternura dos seus afetos; alimentei talvez a odiosa e vil esperança de senti-lo desapontado no seu amor de marido e voltando a procurar o inteiro consolo na minha dedicação de mãe extremosa... Mas, oh! Virgem Piedosa! Se é verdade que tão feios sentimentos nodoaram o meu coração fraco de pecadora, vós, que tudo vedes do vosso trono de glória, vós sabeis que sempre lutei contra os instintos baixos do egoísmo materno e meus atos foram pautados pela justiça, foram desinteressados, isentos de qualquer torpeza. Se sofri, foi em segredo; se combati, ninguém percebeu; se me revoltei contra a causa da minha deposição neste lar, logo me arrependi... Mas pequei, pequei, é certo, por excesso de amor e ciúme... Pois bem, perdoai-me Senhora das Dores! E salvai meu pobre filho da agonia em que ele se debate, que eu juro imolar aos vossos pés clementes as últimas resistências do meu sentir egoístico. Meu filho é fraco, débil, espírito sem vigor que ama e não domina; que verga às dores da vida sem a coragem de suportá-las com ânimo viril. Ele morrerá se a esposa o abandonar!

Oh! Mãe Santíssima! Salvai meu filho, meu último e amado filho, iluminai a alma criminosa dessa mulher que o tortura, trazei-a ao seu marido, à sua casa, e eu prometo triunfar dos meus zelos, do meu rancor, das minhas lágrimas, dos meus egoísmos de velha... Prometo até...

D. Margarida teve um curto soluço, dobrou-se mais sobre a palhinha da cadeira em que se amparava e concluiu, mais baixo, numa tremura de todos os membros:

— Prometo até sair daqui, afastar-me, ir morrer para longe, sozinha, abandonada, se assim for preciso para a felicidade dele, do meu filho querido, o derradeiro que Deus me deixou!

Ainda um cicio de rezas, um último olhar implorativo e longo à imagem de Nossa Senhora, em cujo manto roxo o doce fulgor das estrelinhas douradas se apagava na crescente obscuridade desse quarto de viúva, árido e triste, e D. Margarida conseguiu erguer-se após três ou quatro tentativas dos seus joelhos anquilosados, perros, doridos, firmando-se no encosto da cadeira, e caminhou para a porta, cambaleante, mas confortada, cheia de dores, fraca, abatida por tantos abalos morais, mas levando no fundo da alma a exaltada semente dos sacrifícios que derrubam muralhas...

Alfredo Galvão, no entanto, seguia no elétrico pelo aqueduto afora, encolhido a um canto, recebendo na face lívida os chuviscos frios açoitados pela corrente de ar, que o traspassavam de alfinetadas finas. Nada sentia senão um imenso cansaço e uma espécie de vertigem entretida pela tensão das mil conjeturas que o seu cérebro continuamente agitava: e era numa quase inconsciência que tirava de quando em quando o lenço do bolso para enxugar o rosto ou esfregar as mãos regeladas, cuja temperatura vagamente o aborrecia. A cidade, embaixo, aparecia-lhe através de uma bruma chuvosa, tão densa como a que lhe empanava as ideias, e o céu triste e ameaçador, em que corriam rolos de nuvens escuras, não era mais impenetrável do que a feição dos fatos que lhe tinham tão imprevistamente perturbado a normalidade dos hábitos. Por que desaparecera Celina com a filha? Haveria premeditação nesse ato inexplicável? Ocorriam-lhe, porém, lembranças de noite e alegria do acordar, quando ele autorizara a ida ao dentista, espreguiçamentos felinos dela no leito, com os dentinhos brancos à mostra, certas intimidades — ela, de saia, esbelta e serpentina, prendendo as tranças rebeldes em frente ao espelho, de colo nu e braços erguidos, coisas familiares, risos, projetos comuns que desnorteavam as suas suspeitas de um plano preparado habilmente, com antecedência e jeito. Ao mesmo tempo, voltavam-lhe à memória certos olhares oblíquos e fugitivos de Celina, as horas más, as suas palavras cruéis de ameaça e revolta, friezas, desesperos concentrados, essa saudade latente da existência tumultuosa da mãe e das irmãs, as cenas desagradáveis com D. Margarida... e todo ele tremia, sob a apreensão de alguma desgraça decisiva. E se ela não quisesse mais voltar para a sua companhia? Só ao pensar nisso, Alfredo experimentava a dor atroz de uma agonia — e agitava-se no banco do bonde, penetrado por uma sensação congelante de desmaio moral. A filha não lhe dava cuidado: ele intentaria *incontinenti* uma ação judiciária para que lha entregasse — e haviam de entregá-la, por bem ou por mal. Mas ela, ela, Celina, sua mulherzinha, a única que ele amara no mundo, e com que extremos! Sua companheira de cinco anos, única emoção feliz da sua vida esbatida, incolor, mãe dos seus queridos filhinhos — como poderia o seu coração dispensá-la, habituar-se a sua falta, se a ingrata lhe fugisse? Que lhe tinha feito, finalmente? Fora sempre bom, terno, talvez fraco — como dizia a mãe —, não lhe sopitando desde o princípio os assomos do mau gênio; mas isso de sogras, são todas as mesmas. Levam sempre a descobrir nas noras mil imperfeições, exigindo uma beleza moral que não é humana; e o resultado...

Alfredo teve aqui um suspiro ansioso; as feições se lhe contraíram; e ele pôs-se a pensar que, se ele e a mulher morassem sozinhos, Celina talvez se houvesse mostrado outra, mais doce e mais contente, como dona absoluta do seu lar. Pelo seu espírito perpassou o popular provérbio: *quem casa, quer casa...* No mesmo instante, sentiu o amargo horror de uma ingratidão nefanda, de um legítimo sacrilégio: e o arrependimento, o remorso, a convicção atroz de haver cometido moralmente o mais injusto dos crimes contra a mãe excelente e digna que o cercava de amor, tolerando a nora caprichosa e grosseira com uma paciência filha desse grande amor — todos esses sentimentos o assaltaram, com uma violência que se tornou intolerável à sua alma débil. Escapou-lhe um gemido de supliciado. Ah! Que lhe importava tudo?! O que ele queria, era Celina, era o seu corpo trigueiro de cobra, era o calor saboroso dos seus beijos, a sua presença contínua, essa vida presa à sua até a morte. Como a amava, Santo Deus! Apesar dos cinco anos de casamento, dos partos, que segundo a voz corrente, arrefecem a paixão dos maridos, e das desigualdades de caráter e educação entre ambos! Mas ela? Num lampejo, como se se rasgassem as nuvens pesadas do horizonte que ele fitava, Alfredo entrevia em fúlgido clarão a sua indiferença culpada — e uma imagem lhe apareceu, tão cruel, que a sua vista a evitou, como figura palpável, desenhada no ar com um relevo humano: a imagem de Gilberto, antigo comensal da casa, agora formado, rico, bonito rapaz e enchendo a pensão de D. Adozinda com os perigos da sua sedução de homem interessante. Lembrou-lhe a entrevista no jardim, que a sua chegada interrompera no domingo em que fora buscar Raul, convalescente. Lembrou-lhe o mau humor dela à partida, nesse dia... E um furor imenso o agitou... Mas nada transpirava na sua aparência desse fundo desespero, continuava encolhido, murcho, as mãos nos bolsos para aquecerem, a face exposta aos chuviscos gelados que a fustigavam, indiferente aos borrifos cortantes e ao frio.

Surgiu finalmente a curva da estrada e Alfredo apeou-se e galgou, lento, as escadarias do hotel da sogra, verdes de limo, esquecendo-se de abrir o guarda-chuva e parando no centro do jardim entristecido pelo mau tempo, para olhar a velha tabuleta: "Aos belos ares!" onde as letras se apagavam, por não serem repintadas, sob a ação prolongada dos muitos aguaceiros recebidos nos verões de água e trovoada. O bonde sumia-se lá embaixo, nos trilhos reluzentes e entre as folhagens gotejantes dos muros, com uma vibração cromática. Do grande pé de manacá, dos galhos folhudos da amendoeira, de cada ramagem luzente de água, tombavam gotas claras, espaçadas, numa cadência musical, suave e argentina. Ao longe, a cidade e o mar esbatiam os seus planos numa névoa grisalha, fumaça confundindo cúpulas de igrejas e telhados de edifícios particulares, ruas e praças, jardins, tudo quanto se desenha e brilha à claridade viva do sol, agora afagado nessa luz crepuscular do céu brumoso, antecipando a noite. Num terraço ajardinado de moradia vizinha, o alto perfil de uma árvore esgalhada esboçava em sépia o vago contorno de uma mastreação de navio, emergindo das fantásticas vagas de neblina. Um aroma adocicado de plantas úmidas errava no ambiente. E a casa de D. Adozinda, entre esses limos esverdeados, essas poças de água, essas ramagens chorosas, o horizonte escurecido, a melancólica fragrância das rosas que se desfolhavam, a magoada música dos pingos de chuva, parecia mais decrépita, mais triste, com a sua sala da frente toda cerrada, em que as vidraças descidas punham um ar de mistério.

Alfredo Galvão, de coração apertado, esteve a mirar o aspecto desse lugar em que o amor o enleara, fremente de esperanças, e aonde o mesmo amor hoje o trazia, mas vergando à desconfiança e ao terror: deu volta, depois, ao prédio, subiu três degraus e bateu com o cabo do guarda-chuva na porta envidraçada da sala de jantar, já iluminada, em cujo centro a mesa posta alvejava, muito alegre, com ramos de flores e a fruteira central cheia de laranjas cor de ouro, entre duas compoteiras de doce e uma travessa de aletria.

Veio abrir-lhe a própria sogra, embrulhada num xale, soltando, ao vê-lo, exclamações de um espanto exagerado, em que Alfredo sentiu afetação, uma ponta mesmo de embaraço. Ele, ali, àquela hora? Que tinha acontecido? Entrasse, que vinha a calhar: era a hora de jantarem. E partiu a gritar, como avisando:

— Julieta! Olga! Olhem quem está aqui: o Alfredo!

Ele atalhou-lhe a exuberância das palavras, dizendo com um tremor nervoso na voz:

— Deixe, não incomode... Vim só buscar Celina e minha filha...

— Celina? Celina? Mas ela não está cá...

Fitaram-se: D. Adozinda, com uma vermelhidão viva nas faces; Alfredo, tentando ler-lhe na alma a razão dessa mentira, que o desesperava. Tomou, enfim, mais irritado:

— Sei que minha mulher veio para a sua casa, ao sair do dentista...

E atabalhoou a história do ajuste dessa manhã e da sua surpresa ao não encontrar mais Celina no Morais, quando subira a buscá-la.

— Com que desígnio, porém, minha mulher faltou à nossa combinação, me desobedeceu e veio para Santa Teresa, eis o que ainda não sei — rematou Galvão —, mas preciso saber. É para isto que me acho aqui, pedindo-lhe que chame Celina. Quero falar-lhe imediatamente. Demais, se se trata de uma loucura, ela não podia trazer consigo a filha, que é minha e tenho o direito de exigir, agora mesmo. E a senhora — avançou mais um passo, muito pálido —, a senhora veja o que faz, que ainda há leis...

D. Adozinda, que o escutara com uma rápida sombra de vacilação na face nutrida, mudou de atitude diante desta ameaça e encolheu os ombros possantes, alteando com arrogância:

— Homem, essa!... Você está doido? Que tenho eu com sua mulher, e que ela não viva feliz no cárcere da rua das Marrecas, aturando o que o diabo não atura?... Você me deu Celina para guardar? Responda...

Toda a vulgaridade da sua natureza rompia no estridor da voz forte, enquanto, de olhos fuzilantes, ia traçando e destraçando o xale, a prosseguir:

— Você mete o passarinho na gaiola de ferro e não quer que o passarinho fuja, hein? É muito boa! O que eu não admito são histórias em minha casa, onde tenho hóspedes sérios...

— Mas... — tentava dizer Alfredo, infeliz, desorientado, já mal se sustendo nas pernas trêmulas, por emocionado e inanido.

— Qual "mas"! É isto. Pensa que sua mulher e sua filha estão aqui? Pois procure e não se ponha com ameaças...

Jeitosamente, entretanto, ela tomava a dianteira do genro, elevando tanto a voz, que Julieta e Olga acudiram, falando entre si, e atrás foram aparecendo alguns hóspedes sobressaltados ou curiosos: as duas velhotas do tempo de D. Eufrásia, de olhinhos arregalados; e Gross, pesado e fleumático; um Miranda, com loja de papel, que agora por lá andava; outros adventícios; e, enfim, o Coronel Juvenato, furioso com a perspectiva de algum possível escândalo que o atingisse e decidido até a intervir, se o caso se complicasse.

Alfredo, então, à vista de tanta gente, abateu sobre uma cadeira, lívido, pungido pela sensação do ridículo que o esmagava. A criada, de resto, entrava com a terrina fumegante de sopa. E D. Adozinda, com um sorriso desdenhoso, explicou, no laconismo de uma cólera que já amansava, conciliadora e amável, sem rancores, que não valiam a pena:

— Asneiras!

Foi bater no ombro do genro, dizendo com a generosidade fácil de quem dissipa nuvens:

— Venha jantar, ande!

— É — corroborou o Gross, rindo lorpamente —, o senhor venha jantar...

Mas Alfredo, pondo-se de pé, volveu ainda um olhar suplicante e doloroso para a sogra:

— Então, deveras — murmurou baixinho —, elas não estão aqui?

— Não — respondeu ela alto... — E não se aflija... Você terá notícias...

— Notícias?! — repetiu o rapaz, num assombro ansioso. — Mas então?...

Fez um gesto de louco, agarrou no chapéu e atirou-se para fora, perdidamente, numa ânsia de fugir às reticências perversas que o matavam a fogo lento, mas não sem ouvir, apesar da sua alucinação, que Olga dizia atrás dele, num protesto:

— Oh, mamãe! Coitado!

A voz sonora da viúva rugiu sarcástica:

— Boa viagem! Não amole!

E a porta envidraçada cerrou-se; bateu igualmente a outra interior, de madeira, como protegendo a casa contra um malfeitor; e, na súbita escuridão sucedendo à claridade forte da sala, Alfredo tropeçou na beirada de um canteiro, caiu sobre os joelhos na grama molhada e ficou assim: vergado, imóvel, para reunir as forças que lhe estavam faltando, a sentir uma horrível tremura no corpo todo e um peso imenso na cabeça. Latejavam-lhe as artérias e ele arfava, olhando em torno com as pupilas angustiadas. A noite fechara-se. No grande silêncio aromático do jardim imerso em sombras, só os pingos de chuva continuavam o seu canto monótono e doce, rolando, espaçados, das folhagens; caía uma gota aqui, outra ali, numa adormecedora toada, um ou outro trilo abafado de insetos, partia das ervas úmidas e logo se calava; e os jasmins túmidos de seiva, enchiam o ar de perfume, como dantes na sua luxuriosa e egoística passividade de plantas indiferentes ao sofrimento humano.

Então, grudando a testa ao tronco orvalhado de uma arvoreta, Alfredo chorou, invocando a proteção da mãe, tão fraco, em frente à luta encetada, como a mais débil criança. Uma lufada de vento frio sacudiu as ramarias alagadas, borrifou-o todo da chuva acumulada nas folhas — e ele imóvel, não podendo conter as lágrimas, deixando-as misturarem-se aos salpicos dessa aspersão regelante:

— Que lhe fiz eu?... — soluçava abafadamente, erguendo-se agora da terra mole com o vagar trôpego de um doente anquilosado em todos os seus membros.

Nesse momento, rompendo o mistério calado da noite, uma voz clara de criança vibrou dentro de um dos quartos da casa, varando a espessura das venezianas trancadas: e Alfredo hirto, radiante, lívido, enlameado, de olhos muito abertos na treva, reconheceu, num tremor de emoção, a fala da filhinha, que indagava, em tom ingênuo e curioso:

— Mamãe, por que é que nós não vamos jantar à mesa?

Celina respondeu qualquer coisa em voz mais baixa — e o silêncio recaiu. Deviam ter saído do quarto: deviam julgá-lo já longe...

Ah! Mas então estavam mesmo ali, estavam, estavam... Ele não se enganara! E, de súbito reanimado, por se sentir fora do abismo de incerteza em que havia agonizado; certo de poder agora agir só porque ouvira essa vozita querida que lhe abrigara o céu da esperança, vozita da carne da sua carne, fruto do beijo inapagável que o ligara à Celina para todo o sempre, Alfredo virou-se para a porta da sala de jantar e apostrofou mentalmente a sogra e as cunhadas, rilhando os dentes de cólera:

— Corja! Veremos quem vence!

E despenhou-se pelos dois lances da escada, ainda apanhou um elétrico que descia e encolheu-se de novo a um canto de banco, abotoando o paletó molhado, cuja gola ergueu, transido. Em breve, com o estômago vazio e uma enxaqueca atroz, foi sentindo decrescer no seu íntimo toda a exaltada e confiante febre do minuto precedente. Que diabo! Elas estavam lá, é fato, mas Celina subira por instigação de algum motivo que ele continuava a ignorar — e finalmente desafiando a sua autoridade marital... Logo, fugira por sua livre vontade e podia bem não querer mais voltar. Então, a que vinham tamanhas alegrias, só porque ouvira a voz de Lucília confirmar as suas dolorosas suspeitas? Ah! Decididamente, ele nunca passaria de um imbecil por amor! E, numa reação de todas as fatícias energias, infeliz, abatido, cor de cera, o marido de Celina foi cair como um corpo sem alento nos braços da mãe, que o esperava angustiosamente; e os seus suspiros diziam:

— Estão lá, mas não as vi... Minha sogra mentiu-me, injuriou-me, chamou esta casa de cárcere e por fim trancou a porta atrás de mim...

A velha endireitou-se, de olhos rutilantes:

— E tu, meu filho, que fizeste?

— Nada. Que podia fazer? Fugi, chorei, caí na escuridão, misturando meu pranto com a chuva que me alagava...

Os olhos da velha redobraram de ardor:

— Não varaste então esses quartos?

— Não, fugi...

— Não arrombaste a porta? Não arrancaste a tua esposa e a tua filha a essa influência criminosa?...

— Não, não pude... Era a luta...

A velha fitou longamente essa fraqueza que se revelava, sem véus. Viu o filho todo encharcado de chuva, a cair de debilidade e dor, com os meigos olhos suplicando-lhe apoio, ternura, consolo, remédio; e o seu orgulho vergou, vencido pela compaixão. Como a um ser pequenino, ela atirou-se a ele, beijando-o vorazmente nos cabelos úmidos, nas faces pálidas, nas pálpebras doridas, pesadas... Esse filho era um débil? Tanto melhor, porque lhe deveria sempre a felicidade — e todo o seu peito maternal se entumescia sob a ânsia generosa de um esforço e de uma abnegação que reconstituíssem o lar ameaçado, onde ele precisava encontrar o seu amor inteiro. Carinhosamente, foi levando-o para o próprio leito, a fim de que ele não sofresse com a frialdade da cama conjugal, mais vasta essa noite, na insólita solidão; e quando o sentiu confortado pelas suas palavras, a mão esquecida entre as suas, como outrora, em criança, no saudoso e distante passado, D. Margarida curvou-se para o beijar na testa e embalou o seu sono com esta promessa solene:

— Eu trarei tua mulher... confia e dorme...

Gaguejante de cansaço, ele ainda balbuciou, num torpor:

— Ação judiciária... Houve abandono do domicílio conjugal...

Mas a mãe sacudiu os ombros com impaciência:

— Cala-te, não digas tolices... Ação judiciária é lá para ti, que não admites viver sem ela? Conciliação, persuasão: eis a única arma. Há de haver primeiro a luta, mas Deus é grande e me ajudará. Dorme, dorme...

Alfredo adormeceu. A velha, então, retirou docemente a mão dentre os dedos dele, foi diminuir a chama do gás e instalou-se na antiga poltrona do marido, para velar esse sono inquieto, penoso, entremeado de suspiros e estremecimentos nervosos. Lembravam-lhe outras vigílias, quantas! Junto a leitos mortuários onde formas queridas se enrijavam ao clarão trêmulo dos círios, e enxugava de vez em vez uma lágrima, seguida de outra, de outra, de outra mais.... Ah!, deveras. O amor das verdadeiras mães é feito de espinhos agudos!

CAPÍTULO X

No outro dia, Alfredo recebeu uma carta de Santa Teresa: era de Celina que lhe pedia a deixasse ficar uns tempos em casa da mãe, porque se sentia cansada da vida estreita e aborrecida da rua das Marrecas, precisando de ar e de desafogo. Não exercesse pressão sobre a vontade dela, porque seria então pior. Quanto a Lucília, ficasse tranquilo, porque não lha queria tirar, sabendo não ter esse direito. E num rápido *post-scriptum*, em letra mais tremida, ela ajuntara: "Beijinhos a meu filho Raul".

Galvão sentiu um imenso desespero, lendo essa carta dúbia e enigmática, que lhe deixava toda a incerteza de uma situação insustentável, incompatível com a sua dignidade de homem e a sua autoridade de marido. Mais revigorado pela noite repousante e, portanto, mais enérgico, pretendeu responder imediatamente com uma intimativa forte, afirmando o poder legal de exigir volta nessa mesma hora ao domicílio conjugal, mas D. Margarida o dissuadiu de tão inútil gasto de veemência, aliás passageira, ela bem sabia; e fez-lhe notar que a carta fora ditada, aconselhada, estava demasiado correta para o estilo infantil de Celina.

— A insubordinação não é toda espontânea, meu filho, e o *post-scriptum* releva o último e sincero pensamento, que foi de emoção e saudade. Ainda há, pois, esperança...

Alfredo, de resto, tinha nesse dia uma obrigação insuportável, a que não podia absolutamente faltar: o seu chefe embarcava para Alagoas, com licença por três meses, para visitar uma pessoa enferma da sua família e todo pessoal da secretaria devia comparecer ao seu embarque, sob pena de cometer a mais grave das irreverências contra um superior.

Logo, às onze horas da manhã, sob um mormaço ardente sucedendo às chuvinhas da véspera e que ameaçava nova mudança de tempo para a tarde, acharam-se reunidos no cais Pharoux representantes de todas as classes sociais, comissões de diversos departamentos da administração pública, cavalheiros com suas esposas e grupos de curiosos.

O mar, onde lanchas evolviam numa surda trepidação de espera, tinha uma aparência plúmbea, com súbitas investidas espumantes contra a escada do embarque. E Marino Cerveira, palitando os dentes, observou com um riso grosso que esses assaltos da água, aparentemente submissa, lembravam os conceitos dos empregados públicos acerca dos chefes, entre curvaturas do estilo.

— Olhem — avisou ele, abotoando a sobrecasaca, envergada impropriamente a essa hora —, lá vem o diabo! À carga, pessoal!

Correram todos, chefes de seção distanciados do Cerveira, oficiais como este, amanuenses, os amigos, os conhecidos, os engrossadores, vermelhos e suarentos, carregando *corbeilles* e ramos de flores naturais — de modo que, ao descer do automóvel com a senhora, o Dr. Gregório Padilha, ex-ministro, diretor-geral de uma importante repartição e apontado como futuro chefe de uma comissão superior na Europa para estudar a qualidade dos arreios da cavalaria dos exércitos estrangeiros, ficou envolvido numa onda simpática e tumultuosa que lhe cortou o caminho para o cais.

Muito alto, cara trigueira e pequenina, barrada por dois espessos supercílios unidos sobre o nariz chato, um grande bigode hirsuto sobre o lábio grosso, que sorria, ele murmurava para um lado e outro, apertando mãos estendidas, ajustando às vezes a correia da bolsa de viagem que lhe pendia tiracolo:

— Obrigado, Luiz! Obrigado, doutor! Graças, senhor senador! Oh! D. Francelina! Mas por que se incomodaram assim?

— Um vivo prazer, ao contrário — protestou o Major Vinhaes. E mais baixo: — Não se esqueça do meu negócio da estrada de ferro...

A senhora do Padilha, corpulenta, com os seios estourando no casaco cinzento de viagem, cuja forma colante ainda mais avultava a saliência dos quadris, deixava-se abraçar pelas amigas, aceitava os ramos de flores, as *corbeilles* e as homenagens, já tão aflita, que o suor lhe pingava do rosto escarlate, sob o véu branco, arrancado a meio pelos beijos pressurosos. E Cerveira, apesar da sua independência, precipitou-se, ofereceu-se para carregar até ao vapor os ramalhetes de despedida — o que ela aceitou, com um agradecido sorriso de alívio. Então, exultando, mas sempre traiçoeiro e cômico, o bufão da secretaria mostrou as flores que lhe pesavam nos braços e largou o bote:

— Eu carrego as rosas da *botocuda* e o marido carrega o cobre da nação... Vai todo ali naquela bolsa, em cheques e títulos ao portador...

Cassiano, que já fizera mil ensaios de cumprimentos, doido por merecer, ele, simples amanuense, um *shake-hands* do diretor, confirmou, cauteloso e amarelo, que o diabo era mesmo um ladrão; todo o mundo sabia; mas nem assim se lembrava de dar uma gratificação aos pobres empregados inferiores. Só os chefes é que... Cambada! Viu, porém, uma aberta no grupo que cercava o Padilha e jogou-se para a frente, furioso, de cotovelos hostis, furando o novelo engrossativo até chegar ao centro colimado, onde gozou o contato dos Deputados Amorim e Caídas, do Capitalista Moreira, do Ministro da Justiça, do ajudante de ordens, do Ministro da Marinha, do Chefe de Polícia Valladão, do Desembargador Barroso, dos Senadores Palha e Leite Magalhães, até de um primeiro tenente do Exército, resplandecente de ouros, representando o senhor Presidente da República!

A senhora do Padilha, no entanto, ia sossegando a terrível inquietação dos circunstantes com a segurança de que último telegrama de Maceió já acusava, felizmente, algumas melhoras no estado do doente, um irmão do Gregório. Iam mais tranquilos...

— Graças a Deus! — exclamou com fervor a senhora do Amorim.

Outra perguntou, cheia de interesse e cuidado:

— Qual é a moléstia?

— Uma gripe intestinal, coitado!

— Ah! — interrompeu uma terceira senhora, erguendo mais o guarda-sol aberto, cujo estofo rasgado em vários pontos aparecia estrelado de furos luminosos; os dedos que seguravam o cabo tinham também as pontas das luvas roídas — Parece que é uma moléstia muito grave. Dá uma febre horrível, não é?

Ninguém lhe respondeu, o que não impediu que ela continuasse a sorrir e indagar, numa afável pressurosidade.

Era a Madame Calasans, professora em casa da Baronesa de Azevedo, onde se encontrava com todas essas senhoras nas noites de recepção, quando fazia as suas discípulas, duas irmãs obesas, tocarem músicas a quatro mãos. Na esperança de ensinar também às filhas da senhora do Padilha, ali viera ao embarque, bajulando com o estômago a dar horas, aceitando desdéns e grosserias sem uma revolta, na única ânsia de angariar mais algumas alunas, que a vida era dura para uma professora de piano e canto.

Um movimento, porém, se produziu: chegava o coronel Juvenato, o ventre mais proeminente num terno cinzento, curto e leve, a placidez gordurosa da face mais acusada sob a luz crua do cais. Trocaram-se cálidos apertos de mão. Então, essas políticas de Alagoas, hein? Ora, o Rogério de Miranda...

Alfredo Galvão, entretanto, murcho e arredio até agora, só fazendo ato de presença, ia aproximar-se, mas viu o Coronel Juvenato, e ficou como fascinado, suspenso, a devorá-lo com os olhos.

Ele vinha de Santa Teresa... Ele estivera certamente com Celina... E se o interessasse pela sua causa, obtendo dele a explicação do afastamento inopinado da mulher? Numa candidez de alma confiante, já ia tentando chegar-se ao gordo cearense, quando felizmente para a sua dignidade, os grupos moveram-se, aceleraram-se despedidas, abraços, o Deputado Amorim deu o braço à senhora do Padilha para fazê-la descer os degraus da escada de embarque, varridos pela ondulação espumosa das ondas — e a lancha trepidante recebeu enfim dentro do seu bojo vibrátil os ilustres viajantes e vários amigos, em cujo número teve a audácia de insinuar-se o maranhense Cerveira, de sobrecasaca preta, muito sério, evitando o olhar com que de cima o varavam os companheiros, abafando risos e sempre carregado dos ramos de flores e das *corbeilles* que não quisera jamais largar, na sua ardente dedicação ao Padilha, pela sua própria veia crismado o *diabo*!

Outras lanchas largaram, num grande rumor de máquinas; o cais foi sendo abandonado pelos curiosos; e o pessoal da repartição enfim debandou, o mormaço mais quente que banhava o largo, deixando para trás o mar de aço brunido em que se sumiam as embarcações a caminho do paquete a sair e vingando-se dos constrangimentos obrigatórios do bota-fora com chalaças pérfidas ou cruas que atingiam o Padilha, a mulher e todo o séquito de amigos e engrossadores. Só Alfredo se conservava alheio às gargalhadas ferinas, absorvido, calado; e no seu cérebro um único pensamento tumultuava: que faria a mãe para cumprir a promessa de restabelecer a sua vida conjugal interrompida? Que estaria ela já fazendo, a essa hora? Teria empreendido qualquer coisa?

Efetivamente, D. Margarida não descansara. Como obedecida nessa crise a um impulso de fé religiosa, que da aflição lhe brotara na alma com fervores um pouco esquecidos na monotonia da velhice, decidira ir pedir à igreja um conselho, um raio de luz que a guiasse na sua obra generosa de reconciliação de um casal. Logo que o filho saíra para o embarque do seu chefe, tinha enfiado o seu vestido preto de viúva, a sua capa de rendas e vidrilhos e pousado sobre o novelo alvadio do cabelo o seu toucado sério, onde um tufo de violetas emergia dos flocos de filó. Calçara depois as suas luvas pretas, sem um furo, e saíra assim, correta, na direção da velha igreja da Lapa dos Carmelitas — a mais próxima da sua rua. Comboios de elétricos, carroças, tílburis, enchiam de movimento e rumor o Largo da Lapa, onde o Grande Hotel fazia reluzir ao sol mormacento as vastas letras do seu alto dístico; nas casas de bebidas ao canto da rua aberta de fresco, ouvia-se o alegre tinir das xícaras de café no mármore das mesinhas, ocupadas pela rápida freguesia dessa hora de partida para o trabalho diário e que punha nos estabelecimentos um tropel de entradas e saídas, um clamor de pedidos apressados. "Um café!", "Um café com leite!"

O empregado corria, aviava-se com a cafeteira, porque o bonde ia partir e o freguês reclamava de afogadilho a sua bebida quente; mas outros chegavam e as canequinhas de louça não cessavam de bater no mármore das mesas, aos gritos dos serventes de avental: "Dois cafés!", "Um leite!"

Do pórtico sombrio da igreja, beatas iam saindo, vagarosas, recolhidas, de rendas negras à cabeça, já tendo ouvido a sua missa da manhã. Eram em geral pretas beiçudas, de olhar inexpressivo, enrolando ainda os rosários; ou mulatas lívidas e inchadas, conservando na rua o ar contrito dos confessionários; ou brancas velhas, de face engelhada e pés arrastados, anuladas pelo excesso da devoção, encolhendo-se apenas fora das sacristias silenciosas, cheirando a incenso, no terror da vida ativa e pensante dos centros inteligentes e práticos.

D. Margarida passou pelo meio dessas sombras e pediu a um sacristão para falar ao padre José, idoso reverendo que ela conhecia muito do tempo em que se confessava e cujos conselhos lhe pareciam dignos de ser ouvidos nas circunstâncias cruéis e difíceis que atravessava.

Mas o padre José estava confessando... Não fazia mal: ela esperaria... E subiu a nave, impressionada pelo silêncio místico da igreja obscura, ajoelhou-se, orou, e depois, acomodada à ponta de um banco, deixou errar a vista respeitosa e tímida pelos nichos dos altares, onde imagens com auréolas fulgentes se erigiam em atitudes dolorosas ou dominativas entre dourados, veludos, flores e molhos de velas. Nossa Senhora da Soledade tinha um aspecto magoado sob as pregas amplas do seu rico manto salpicado de estrelas e franjado de ouro. Um Cristo, vergando ao peso da cruz, só deixava entrever um pouco da face torturada e sangrenta por baixo da densa cabeleira (presente de uma devota que a cortara da própria cabeça) encimada pela coroa de espinhos. Uma tênue claridade caía da abóbada sonora. E uma campainha retiniu atrás de D. Margarida, que se voltou, reverente: era a missa do sétimo dia pela alma de um defunto, lembrado por uma mulher pobre e mal vestida, que chorava, prostrada diante de um dos altares laterais.

Ergueu-se porém de junto do confessionário um vulto de mulher, bateu surdamente a portinha do mesmo refúgio dos pecados e o padre José saiu, pesado, gordo, e caminhou para a sacristia. D. Margarida, então, com uma pancada no coração, foi atrás dele, na ânsia da luz que lhe viria sem dúvida das palavras de tão santa boca. Pouco depois, sentados o padre e a velha num banco da sacristia, entre a cômoda recoberta de uma toalha rendada, onde se perfilava um crucifixo entre castiçais de latão, velas de cera amareladas, e a mesa dos livros de assentos, D. Margarida desfiou toda a história do casamento do filho com uma menina de família sem princípios, insistindo na desenvoltura cínica da mãe, nos maus exemplos que ela dava, e acabou contando a crise final e a sua resolução de decidir a nora a voltar, senão o Alfredo morria de dor, mas qual o meio a empregar para que o sentimento dos deveres conjugais e maternais acordasse nessa alma de moça caprichosa, entregue ainda por cima às sugestões perniciosas do meio a que se acolhera, num inexplicável assomo de aborrecimento ao lar onde era querida como uma santa pelo marido?

— É isto que lhe vim perguntar, senhor Padre José, cheia de confiança, porque conheço a sua virtude. Quero agir, mas sou uma pecadora ignorante... Empreste-me a luz do seu espírito de ministro de Deus! Guie-me como estrela salvadora, nas trevas em que me debato...

O sacerdote bocejou ruidosamente, afagando as roscas do pescoço nédio com os dedos grossos. Disse depois, hesitante:

— Eu, minha senhora, na verdade... Essas questões de família...

Mas interrompeu-se, gritando para um sacristão pardo, de ar humilde, que abria uma gaveta da cômoda dos paramentos:

— Oh, Ambrósio! Você está cego? Não vê aqueles dois cachorros quase a entrarem inconvenientemente no recinto da Igreja? Escute, venha cá: de quem é a missa das nove e meia?

— É do senhor padre Travassos...

— Logo vi! Bem, pode ir...

Voltou-se para D. Margarida, mais afogueado, uma ruga entre os sobrolhos:

— Pois, minha senhora, é isto: as questões de família não afetam o meu ministério fora do confessionário. Essa mãe da sua nora — cravou um olhar penetrante na velha — é realmente capaz de pregar maus exemplos à filha? A senhora tem certeza de não estar cometendo o feio pecado da calúnia, da maledicência. E do ciúme?

D. Margarida recuou, assombrada:

— Eu, senhor Padre José?! Mas todo mundo pode apreciar a maneira de viver dessa sogra de meu filho, e o modo por que dirige as filhas solteiras, educadas à solta, andando sozinhas com rapazes...

O padre deixou pender um beiço meditabundo. D. Margarida aproximou-se outra vez, mais persuasiva:

— Olhe, senhor Padre, meus intuitos são tão desinteressados que, se eu obtiver que minha nora volte para casa e meu filho fique novamente feliz entre a sua esposa reconquistada e os seus filhinhos, sou capaz de largar o meu velho canto e liberá-los da minha sombra incomodativa. Mas que devo fazer? Eis aí...

O sacerdote varou-a de novo com o olhar;

— Quem sabe se seu filho era um marido corrompido, perverso, que cansou a paciência da esposa? Às vezes...

— Ele? O Alfredo?

— Espere... Às vezes o homem maltrata a mulher...

— Nunca! Juro por Deus, Nosso Senhor!

— Quem me diz que a mãe dela não a está consolando de atritos dolorosos que convêm deixar amortecer?

D. Margarida aprumou-se, com uma leve chama nos pômulos da face:

— Sr. Padre José — disse a velha solenemente —, Vossa Reverendíssima está invertendo todo o lado moral da questão. A sogra de meu filho é uma mulher mal procedida, garanto-lhe, uma mulher corrupta, venal. E a permanência da filha casada sob o seu teto oferece os maiores perigos. É uma casa de pensão, cheia de homens... Eu nem sei até...

Calou-se um segundo, aflita, passando a mão pela testa, onde esvoaçavam alguns fios de cabelo branco; e concluiu, enfim, num envergonhado murmúrio de voz:

— Nem sei até se ainda será tempo...

Um padre entrou, acabando de dizer a sua missa, e ficou a despir as vestiduras sacerdotais diante da cômoda, ajudado pelo Ambrósio. O sol abriu, mais vivo, mais quente. Padre José, então, abafando um novo bocejo com a mão gorda, dirigiu-se com certa impaciência à sua consultante:

— Minha irmã, escute, o meu conselho é este, muito pensado, filho do meu conhecimento das criaturas: não faça nada!... Deixe que a vontade de Deus, todo-poderoso, se manifeste... Se a vontade do Altíssimo, Nosso Pai, for que a sua nora tome à companhia do marido, Ele iluminará essa alma perturbada com um raio da divina verdade: e ela voltará, dócil como a ovelhinha de um aprisco bendito...

A velha saltou, enervada:

— E se a rapariga se perder e meu filho morrer de desespero?

O padre alçou piedosamente para o teto da sacristia as pupilas baças:

— Deus, na sua misericórdia, fará tudo pelo melhor. Deus a há de inspirar, salvando-a do pecado mortal, para que um dia seja digna do reino do céu. E vós, minha irmã, é a falta de religião que assim vos agita... Abandonastes a fé nos desígnios da Providência e a inquietação penetrou na vossa alma desamparada...

D. Margarida não pode suportar mais tempo essa linguagem enfática e vazia de pregador no púlpito. Ela revelava a sua dor, a sua luta, a sua ignorância; e ele respondia com essa voz banal de confessionário, essa contrição empolada e sem sentido, essa verbiagem odiosa, em que se sente claramente o egoísmo e a hipocrisia... Mas então ela se iludira e só da sua consciência devia receber o conselho que lhe traçasse o caminho a seguir... Já a claridade lhe aparecia — e não vinha decerto dessa sotaina bojuda, espaçada ali ao seu lado, numa atitude de tédio: vinha de mais alto, essa luz, vinha da orientação que Deus, suprema e misteriosa força, nada tendo de comum com o artifício dos padres, incute em cada espírito humano se ele consulta deveras, sem ressalvas egoísticas, a voz da justiça, da sinceridade e do sacrifício, que fala eloquentemente no íntimo de todos os homens...

E a mãe de Alfredo deu por finda a entrevista, curvou-se em silêncio e foi saindo pelo corredor obscuro e frio da sacristia, onde o seu passo ecoava, enquanto o padre José, mais atrás, vociferava outra vez:

— Oh! Ambrosio! Pois você não vê? Estão ainda os cachorros aqui... Enxote-os, homem! Mexa-se!

Um rumor de bengaladas no ladrilho, latidos furiosos de cães perseguidos — D. Margarida, pestanejando à luz exterior, achou-se no Largo da Lapa e desceu a rua do Passeio, com destino à rua das Marrecas.

Voltava triste, sentindo o peso de uma desilusão que lhe havia abalado a consoladora fé num governo mais alto, mais esclarecido, trazendo o cunho de uma orientação quase divina. Mas a sua energia não esmorecera. Apenas contava agora só consigo e com o apoio de Deus, diretamente invocado, sem a invocação, sem a intervenção dos seus ministros. E já traçara o seu plano. Ia agir. Seria a luta, com a vitória ou a derrota como desenlace, mas ela não havia de assistir inerte ao descalabro da honra e da vida do seu único filho. Agiria amanhã, sem perder com vacilações estéreis dias preciosos. E foi com um bom sorriso de avó, desprendendo o seu toucado preto de que emergia um pequeno tufo de violetas, que ela beijou Raul e inquiriu ternamente:

— Estás com muitas saudades da mamãezinha?

O petiz não pensara muito nisso de saudades, mas às palavras da avó, de repente abalado, abriu a boca reluzente de manteiga e rompeu a gritar como um bezerrinho possesso:

— Quero mamãe! Quero mamãe!...

— Deixa estar, meu bem, que a tua mãe volta... Pede só a Deus que me ajude!

E enxugou carinhosamente as lágrimas do bambino, depressa consolado e enterrando de novo os dentinhos de leite na fatia de pão barrada de manteiga que Faustina lhe dera para esperar o almoço...

Capítulo XI

Ao tornar do embarque do Dr. Padilha, pelas três horas da tarde, após o *champagne* do *lunch* a bordo do Ceará, o Coronel Juvenato subiu para Santa Teresa e encontrou Celina sozinha na sala de visitas, balouçando-se indolentemente na velha cadeira austríaca, de braços erguidos e as mãos encruzadas atrás da cabeça.

Estava um dia ensolarado, mas tristonho, sem brisas, sem um bulir de folhas, com um ou outro chio de cigarras sonolentas vindo a espaços do arvoredo imóvel. Umas faixas de nuvens cobreadas se alastravam no extremo do horizonte, ainda longe, não obscurecendo o sol, mas a paisagem acidentada do morro se recortava sobre um fundo amarelado e vinha dessa luz bizarra um torpor oprimente, um tédio pesado. Cantos de galos perdiam-se nesse silêncio suspenso e ardente da natureza.

O coronel entrou ligeiro, encalmado, com o seu passo rebolado, curto e macio de homem baixo e gordo, que ainda conserva a elasticidade dos músculos sob o excesso de massa adiposa.

Dando com Celina, estacou, tirando o chapéu, com um afluxo de sangue para a face mole, e perguntou, cravando o raio lúbrico da pupila na silhueta serpentina da moça, que se desenhava provocante nessa atitude de preguiça e languidez:

— Está aí sozinha?

Ela limitou-se a menear afirmativamente com a cabeça, de que pendia, solta, a trança espessa e negra do cabelo, varrendo o chão a cada balanço da cadeira, cujo movimento o seu pé ativava, firmando-se no soalho. Nem sequer descruzou as mãos juntas atrás da nuca; e assim, abandonada, ondulosa e fina, de um palor mórbido e poético, pareceu ao coronel mais tentadora e também mais próxima do seu desejo, agora afastada do marido que sempre era uma barreira incômoda.

Mas que diabo lhe diria? Ele, afinal, pouco entendia dessas coisas de corte, de palavrinhas açucaradas; era muito prático, só cultivava o processo do atracão.

Ela, ao contrário, simulava um entorpecimento profundo; mas, no seu íntimo, o vaivém dos pensamentos febris ia acompanhando o vaivém da cadeira de balanço. Estava muito aborrecida, muito perplexa, como se a vertigem lhe perturbasse a nitidez das vistas e até da vontade. Nessa mesma manhã, Olga lhe fizera uma cena de gritos e choros, exprobando-lhe violentamente ter largado a casa do marido para se atravessar entre Gilberto e ela, que era solteira e poderia, afinal, prendê-lo tanto, que ele pensasse em desposá-la. Mas não! A senhora D. Celina, apesar de já casada e com filhos, não suportara a ideia de ver seu antigo namorado apaixonar-se por outra e, de inveja, de maldade, atirara o juízo pelos ares e correra a meter-se em Santa Teresa...

— Sabes o que tu és? — vociferou a pequena escarlate de cólera — És uma perversa! És uma doida! Nem mãe sabes ser...

— E tu — rompeu Celina no seu tom desabrido —, tu és uma oferecida, que levas a fazer olho a um rapaz que mostra bem não te querer...

— Repete isto, se és capaz...

— Repito dez, vinte vezes...

— Celina!

Ficaram a olhar-se, arquejantes, medindo-se, e talvez chegassem a qualquer ato de brutalidade se Julieta não acudisse a separá-las, rindo com a sua filosofia um pouco cínica do furor de ambas:

— Gentes! Vocês parecem duas frangas a brigar por causa de um galo... Deixem disso, criaturas! O galo é que escolhe a galinha...

Gilberto é que andava atrapalhado; mas, como decididamente, das duas irmãs, Celina era a que apresentava menores responsabilidades, sobretudo depois do abandono do lar conjugal, o que a punha na posição de uma mulher disponível, ele acabara optando por ela, na prudência de seu egoísmo.

"Coitada!", dizia, a retorcer, pensativo, as guias brilhantes do bigode cheiroso, "ela gosta tanto de mim que até cometeu por minha causa essa tolice de abandonar a sua casa, não lhe importando perder a consideração de senhora casada. E foi o meu primeiro amor de rapaz, tem direitos adquiridos..."

"O diabo é aquele geniozinho de histérica, mas a irmã também é outra peste — e mais perigosa, porque é solteira. Então, antes ela; e com muitas cautelas, todos os cuidados preventivos contra uma absorção exagerada, a nossa ligação pode ser encantadora."

Tratou logo de elaborar mentalmente um plano perigoso e firme que acomodasse os prazeres da paixão com os interesses do egoísmo e as imposições da respeitabilidade provinciana. Assim, por exemplo, nunca Celina iria a Belo Horizonte, nem jamais saberiam lá que ele tinha uma amante fixa no Rio, onde viria de quando em quando passar alguns meses, como agora, a pretexto de divertir-se e tomar um banho de civilização.

Uma coisa podia garantir: havia sempre de ser generoso. A sua amante viveria com todo o conforto, otimamente instalada num bairro afastado, vestindo bem, usando joias, indo ao teatro com a sua dama de companhia — alguma senhora velha e de aparência austera, sempre trajando de preto, com as suas luvas e o seu chapéu sério, que ele se encarregava de arranjar-lhe cuidadosamente. Uma mulher amável e complacente, que nunca lhe exacerbasse os nervos. Celina podia tomar até uma professora de piano, para se entreter. E quando ele chegasse de Minas, que horas ardentes de carícias! Aquele corpinho sinuoso devia vibrar sob os beijos apaixonados como as cordas tensas e elétricas de um violino sobre as quais passasse a doçura harmoniosa do arco sutil, num pianíssimo pouco a pouco ascendendo à tempestuosa e arrebatada torrente das notas soluçadas, delirantes. Entre os seus braços morenos, ele gemeria, pálido, este verso de Richepin: *"Madame, il faut nourrir le feu quand on l'attise"*.

E inflamado por estas ideias, por estas resoluções que, enfim, assentavam praticamente o programa dos seus atos, na contingência embaraçosa em que se encontrava, Gilberto saiu nervosamente do quarto, a sacudir preocupações, e foi esbarrar, por um inesperado acaso, na própria Celina, sozinha nessa sala de visitas onde mais tarde devia também achá-la o Coronel Juvenato. Até então ele só a vira no meio da família, como guardada pelos olhos vivos e inexoráveis de Olga: mas agora a pequena fora ao Instituto, a Julieta saíra para os seus giros costumeiros e D. Adozinda fazia uma tachada de doce de coco na cozinha. Que feliz casualidade! Todos os hóspedes fora ou recolhidos aos seus aposentos — e ela ali, toda esbelta no *peignoir* emprestado de uma irmã, dispondo ramos de flores nos vasos, ao silêncio pesado desse meio dia calmoso! As venezianas estavam cerradas a meio... Vinha do jardim um aroma de ervas aquecidas por esse mormaço amarelo...

Gilberto enlaçou-a pela cinta e disse-lhe baixinho, junto à orelha, que logo se ruborizou:

— Preciso muito falar-te, meu amor... Mas onde?

Ela, torcendo a haste de uma dália, respondeu com a voz um pouco ofegante, sem o fitar:

— Ora que pergunta! Aqui mesmo... Pois não estou ao seu lado?

Ele, fingindo enleio, tomou:

— Aqui... é impossível, meu bem! Temos que conversar muito, muito... A nossa vida vai decidir-se...

E tentou dar-lhe um beijo, mas Celina fugiu com o rosto, de repente pálida como o roupão que a vestia. Repetiu, cravando nele um olhar mais assustado do que amoroso:

— A nossa vida vai decidir-se?... Assim, de repente? Mas como? — e pousou as duas mãos abertas sobre os ombros do moço, mantendo-o afastado e sob a sua vista interrogativa, ansiosa. — Que pretendes fazer de mim?

Ele virou um pouco o rosto para beijar os dedos apoiados sobre o seu paletó; e, sorrindo com ternura, explicou-se. Que decisão podia ser a deles senão de viverem juntos, amantes, escondidos em algum ninho cetinoso, calado e florido de rosas, onde nenhuma vigilância ciosa ou indiscreta lhes estorvasse a paixão? Ela empalidecia cada vez mais, com um tremor nervoso nas mãos que tinham abandonado os ombros de Gilberto; e ele continuava a enumerar as delícias desse paraíso que seria a vida futura de ambos, livres, felizes, entregues à única embriaguez da paixão. Acabou por inquirir, observando-a e já um pouco impaciente:

— Não é verdade que gostas de mim?

Ela respondeu afirmativamente com a cabeça.

— Então — prosseguiu Gilberto —, por que esse silêncio diante do que estou a dizer-te? Falo-te do que só pode ser uma aspiração comum, e tu te calas, reservada, esquiva... A gente deve ter lógica, minha filha... Não quiseste que eu amasse tua irmã; fugiste de casa para te interpores entre ela e mim, impedindo um casamento que aliás nunca me passou pela cabeça. Mas tu imaginaste isso e vieste, como louca, deixando para trás a posição definida, o marido, os respeitos sociais, para te aproximares do meu amor. Agora não podemos parar aqui, ou então...

Ela ergueu para Gilberto uns olhos refulgentes.

— Ou então te arrependes e retrocedes, e eu desapareço... É isto que queres?

— Não! Não! — balbuciou Celina, fazendo um gesto instintivo para o reter.

— Então, minha querida — insistiu Gilberto com mais calor —, temos de traçar juntos as bases da nossa vida nova. Acabaram-se as perplexidades! Sou livre, sou rico, amo-te, o mundo é largo, e aceito uma ligação contigo com o fervor de um velho namorado. Vamos combinar o plano material da tua e da minha existência, ora unidas, compreendes?

Ela disse que compreendia, sim, reunindo agora as flores esparsas num grosso ramalhete, de que rolavam pétalas sobre a mesa junto à qual ambos falavam, de pé. E o rapaz via-lhe o perfil muito puro, inclinado sobre as rosas e as dálias, que os seus dedos iam tremulamente ajuntando, numa visível perturbação. Ele sentiu de repente o fogacho de um desejo vivo e, olhando em torno, atirou-se àquele pescoço franzino que sempre o tentara e murmurou, sôfrego, passeando os lábios vorazes sobre a pele morena e fina, junto à orelhinha escarlate:

— O que temos a deliberar é muito comprido. Deixa-me entrar esta noite no teu quarto, para conversarmos a gosto, ouviste?

Falava com a autoridade de quem já supõe a presa segura, sem mais defesa.

Mas ela estremeceu toda, protestando com uma voz débil de rola gemente e arisca:

— Oh! Gilberto!

Ele a prendeu com mais veemência entre os braços cobiçosos:

— Que tem? Que tem, meu amor? Pois nós não vamos viver juntos? Consente... Lucília está dormindo estes dias com tua mãe, que eu sei... É só encostares logo a porta, sem dar volta à chave, que eu prometo entrar sem que ninguém me veja. Ninguém! É para conversarmos, Celina! Aqui não se pode, tu sabes, que as duas velhas do tempo da D. Eufrásia andam sempre a espiar... Vamos, deixa... Esta noite, sim?

Beijava-a, persuasivo, ardente, buscando o consentimento nos olhos dela quando sentiu que a moça o repelia, para logo depois o enlaçar, ela própria, unindo-lhe ao rosto a face de súbito inundada de lágrimas, enquanto ia balbuciando no tom sentido e doloroso de um ente maltratado em suas mais caras ilusões sentimentais:

— Ah! Gilberto! Ah! Gilberto!... Gilberto!...

— Que é, Celina?! — bradou ele, espantado.

— Eu pensava que tu me amasses de outro modo! Eu pensava... eu pensava... Nem sei mesmo... Estou doida... Era um romance!... Um sonho!

E desatou em soluços junto ao ombro dele, que sentia a quentura desse pranto molhando-lhe o pescoço, dando-lhe a sensação de um desapontamento aborrecido. Que maçada! Que família! Eram sempre complicações, histórias... Veio-lhe um repentino assomo de furor e desprendeu-se desses braços histéricos, afastou a face lacrimosa, enigmática, dizendo simplesmente, a caminho da porta:

— Está bem, não é preciso chorar. Já entendi. Adeus!

Mas ela se lhe atravessou à frente agarrando-o, a arquejar, muito pálida, com umas lágrimas redondinhas a lhe escorrerem ainda pelas faces, e tartamudeava, enrouquecida pela emoção:

— Não, Gilberto! Não, não! Espera! Não sejas mau!

O cabelo abundante se soltara dos grampos, rolando--lhe pelo dorso numa só trança comprida, pesada; e ela tomou assim um ar mais infantil, imagem da Celina do passado, que fez vacilar a cólera do rapaz. Ele disse.

— Eu, finalmente, não te compreendo, eis aí... Queres ou não queres que nos amemos? Depende de ti, filha. Se queres, por que não me deixas penetrar no teu quarto, para conversarmos livremente?

Ela estremeceu de novo, balbuciando com timidez:

— Tanta precipitação! Eu queria...

— Ora — interrompeu Gilberto sacudindo os ombros —, são tolices. Não somos crianças, nem nos conhecemos de hoje. Queres agora que eu me ponha a fazer-te a corte e a recitar-te madrigais, como dantes, quando eras solteira?

Celina suspirou.

— Deixa-te de nervos e suspiros, que me desagradam. E vamos — baixou a voz com carinho —, posso ir logo à noite?

A moça torceu as mãos, levantando para ele uns olhos súplices, aflitos e indecisos.

— Posso?
Uma chave, porém, rangeu no meio do corredor, abrindo algum quarto de hóspedes, e Gilberto afastou-se em pontas de pés, foi espreitar:
— São as pestes das velhas! — ciciou de longe. — Elas aí vêm...
E mais com a mímica do que com a palavra, tornou a inquirir com um ardor concentrado no olhar e no mover misterioso da boca:
— Posso?...
Os passos aproximavam-se; e Celina, como de súbito aliviada, forte, respondeu também num cicio, mal movendo os lábios:
— Logo ao jantar eu digo...
Gilberto saiu pelo jardim, abafando uma praga de raiva e mortificação. E Celina, depois que as velhas atravessaram a sala para ir colher uns raminhos de losna perto da escada, agarrando as flores que ajuntara, jogou-as fora com um gesto nervoso, sem a mínima compaixão das pobres rosas e dálias já amolecidas pelo calor crescente e que foram acabar de murchar sobre a terra crestada dos canteiros; em seguida, como extenuada, veio estender-se na cadeira de balanço, presa de um alquebramento físico que só lhe consentia a febre do pensar. Doía-lhe a cabeça. Tinha como a sensação de um perigo iminente que convinha evitar. Mas como?... Estava perdida, perdida... Oh! Esse Gilberto, com que facilidade, com que desrespeito dispunha da sua vida toda! Não, não fora um amor assim que ela sonhara, sem poesia, sem uma exaltação romântica, o culto à mulher querida e desejada com delicadeza reverente. Ele, não!

Era logo montar casa, suprimir fórmulas de amor, penetrar no seu quarto, ajustar planos práticos, tratá-la como amante certa — não como senhora que se requesta com a deliciosa timidez da incerteza.

Tratava-a como filha da senhora D. Adozinda, proprietária de uma pensão, onde ele pagava a sua diária e tinha o direito de reclamar sobre a comida, o asseio, e não como esposa de um homem de bem, que largara o seu lar por amor dele e estava disposta a fazer-lhe o sacrifício da sua consideração, a deixar talvez os seus filhinhos entregues ao pai, a fim de viver unicamente para o eleito do seu coração... Nem lhe consentia o pudor, a vacilação diante do passo decisivo que aniquilaria irremediavelmente toda a sua existência presente... Que egoísta, esse Gilberto!

Uma sombra, agora, empanara de repente a lividez do mormaço, mas passou, fugiu — rolou muito longe um trovão abafado. Celina, mais opressa, acelerou o balanço da cadeira. Era esquisito, mas, por muito que ela fizesse, não podia idear essa vida comum com um amante, fora de todas as normalidades sociais — e, querendo imaginar o ninho ilegítimo, claro, luxuoso, cheio de rosas e tapetes, que tanto lhe apetecera outrora, nos momentos de impaciência, era ao contrário a velha casa confortável e segura da rua das Marrecas que lhe aparecia, com Alfredo a contemplá-la num êxtase baboso de eterno namorado. Mas, santo Deus! qual era a sua verdadeira aspiração, no fundo? Não se entendia mais... Era um horror! Ao mesmo tempo, num cansaço enorme, os seus pensamentos desciam a detalhes fúteis, insignificantes. Não trouxera roupa e andava com *peignoires* emprestados. Até quando ficaria assim? Alfredo mandaria os seus vestidos, as suas coisas de uso pessoal?

Não! Não! Era melhor que não mandasse! Que impressão atroz ver entrar por ali adentro a sua mala familiar com roupas e o mais que lhe pertencia, como um caixão funerário marcando o enterro de todo o seu passado honesto! No entanto...

Mas passos apressados e risos ladearam a casa: eram Julieta e Olga, fugindo à próxima trovoada; e Celina, como se recebesse uma punhalada, pensou de chofre no desprezo com que a olharia algum dia futuro essa petulante irmã mais nova, causa da sua desgraça, se jamais a encontrasse já desqualificada, amásia do Gilberto e não esposa do Alfredo Galvão! Que vingança, nesse olhar com que ela havia de corrê-la toda! E o orgulho irritadiço da moça sangrou de antemão. As realidades, surgindo da inconsistente miragem do seu romance, entraram a terrificá-la... Não se tratava mais agora de amor, de ciúmes, de beijos roubados, de culpas ainda perdoáveis: tratava-se do passo decisivo e supremo, do grande salto, da irremediável queda — e a sua alma inteira, a sua alma frívola, caprichosa, mas incapaz dos arrastamentos sanguíneos da paixão, essa alma de menina mal-educada tremia, desfalecia ante os perigos que ela própria provocara. Ah! Como lhe doía a cabeça! E se um dia o Gilberto a abandonasse?...

Foi quando entrou o Coronel Juvenato, que se pôs a fingir que lia a *Notícia* perto da sua cadeira, observando-a por cima do jornal. Um outro trovão rolou, mais forte; a sombra voltou a obscurecer a claridade lívida do céu, agora coberto de nuvens plúmbeas, enovelando-se, e um como frêmito encrespou violentamente as folhagens das árvores, enquanto grossas gotas de chuva se estampavam na terra gretada do jardim. Bateram janelas... Um relâmpago fulgurou e a chuva cantou mais rija no arvoredo.

Repentinamente, Celina teve a percepção nervosa, através das pálpebras fechadas, que um vulto se interpunha de mansinho entre ela e a luz, fitando-a de perto; recebeu no rosto o calor de um bafo e, numa presciência horrível, abrindo os olhos desesperados, viu junto à sua face o semblante balofo e todo trêmulo do Coronel Juvenato, que não resistira à instigação audaz do seu delírio.

Como? Também esse? Então já a supunham carniça? E furiosa, desatinada, com as forças duplicadas pela repulsão e pela cólera, Celina repeliu o ousado homem, soltando gritos de histérica, e a sua mão fina e ágil apanhou em cheio as banhas gelatinosas dessa cara atrevida, que enfim recuou sob o castigo, transfigurada agora por uma raiva indomável de conquistador derrotado.

— A senhora teve a coragem de esbofetear-me, a mim? — rugia o coronel, levando o lenço à bochecha marcada pelos dedos da moça.

— Ainda foi pouco, infame! Infame! Infame!... — bradava Celina num *crescendo*, e de pé, inteiramente demudada.

A estridência dos seus clamores abalou a casa inteira e o primeiro a chegar foi Gilberto, cor de cera, no pavor do que pudesse ser aquilo. Os dois homens encararam-se, compreenderam-se, mas não se atacaram, na conivência covarde do medo do escândalo.

Já chegava, porém, D. Adozinda, arrastando uma velha camisola e com os olhos bogalhudos ansiosos; chegavam Julieta, Olga — esta com um sorriso de ironia à flor dos lábios vermelhos, e vários hóspedes de aspecto interrogativo. Que era? Que sucedera?

Celina, então, numa reação de nervos, tremendo, quase a chorar, apelou para o socorro de D. Adozinda, estendendo-lhe os braços implorativos:

— Mamãe, eu estava aqui sozinha, bem sossegada... Foi esse bruto, esse miserável — apontava para o Coronel Juvenato — que se atirou a mim como a uma criada.

— Já uma vez, a minha conta, que eu me mudo agora mesmo desta pensão. Não estou para aturar insultos da sua filha...

— Oh! Coronel! — gemeu D. Adozinda, lívida, por quem é!... Não se precipite, espere... Eu arranjo tudo...
— Celina, vamos, que é isso?

Mas um murmúrio rompeu. As opiniões falavam contra essa atitude inexplicável e repugnante de uma mãe, até que Julieta, com o seu desplante, provocou a nota cômica que serviu felizmente de desfecho à penosa cena.

— Coronel! — disse ela brejeiramente — Vá banhar o rosto n'água fria com sal antes de partir, que a bochecha está inchando... São os inconvenientes...

Risadas esfuziaram e o cearense saiu às patadas violentas pelo corredor. Julieta sibilou maviosamente:

— Adeuzinho!...

Mas, nesse instante, um vivo clarão iluminou em cheio o jardim, estalou o trovão bem em cima da casa, com um formidável estrépito de louças partidas, folhas das árvores entraram girando pela sala, zurzidas pela ventania e às bátegas de chuva grossa — e Celina, angustiada, veio cair sobre o vasto seio de D. Adozinda, implorando num choro de menina nervosa, vencida por tanta emoção:

— Mamãe, mamãe! Estou com medo! Acuda-me!...

A viúva tinha as feições contraídas e os olhos implacavelmente baixos, rancorosos... Não os ergueu com ternura para a filha que se lhe aninhava no regaço; não lhe abriu também os braços...

Capítulo XII

No outro dia, pela manhã, sob um sol de ouro que fazia esplender gotas diamantinas em cada corola de flor, cada folha de planta, cada ervinha rasteira, aljofradas ainda pela chuva da véspera, que tudo lavara com a sua onda refrigerante, purificadora, Gilberto lustrava as unhas à janela do seu quarto, ruminando com ódio o seu desapontamento da noite. Celina não aparecera ao jantar e ele, adormecida a casa, tinha ido em vão empurrar furtivamente a porta do seu aposento. Nem ao menos um movimento, dentro!... Tudo silêncio — e só o tique-taque do relógio da sala de jantar vindo da treva cerrada do corredor... Ele, então, descalço, tivera de renunciar ao seu voluptuoso programa, voltando em pontas de pés para o quarto solitário — mas com que despeito!

Aliás, a essa hora matinal, olhando o azul bem lavado do céu, aspirando o aroma delicioso das plantas abeberadas d'água, sentindo a beleza gloriosa do dia que começava, o seu furor perdia a primitiva acuidade, como se pela alma se lhe entornasse um vivificante filtro de eterna esperança, de eterna alegria. Que lindo dia, caramba! Pensava em fazer um passeio a Petrópolis, para as próximas regatas; e ao mesmo tempo sorria, lembrando-se do carão intumescido do Coronel Juvenato ao partir da pensão ao escurecer, seguido da mala, aos ombros do jardineiro, e debaixo da chuva e das lágrimas de D. Adozinda... Lá se fora o melro! Bem feito, que sempre lhe tivera implicância. Mas aquela Celina, que tipo contraditório, bizarro e complexo!

Um verdadeiro enigma!

Assim ia considerando, ocupado em polir as unhas, quando lhe pareceu entrever através dos cílios descidos uma espécie de sombra negra que deslizava entre as folhagens verdes do jardim.

Volveu depressa a vista para fora, fitou curiosamente essa mancha que se movia — e um vulto de senhora se definiu, cortando as aleias ensolaradas na direção do flanco da casa onde se abria a porta da sala de jantar. O sol claro batia de chapa num toucado preto, de que emergia um pequeno tufo de violetas, e faíscas saltavam à luz dos vidrilhos do mantelete de rendas que revestia um busto magro, mas ainda ereto e decidido.

"Ai! Agora a sogra!", murmurou Gilberto, mergulhando rapidamente atrás da janela, para não ser visto. Reergueu-se, depois, enfiou às pressas a roupa de sair, apanhou o chapéu e esgueirou-se pela frente da pensão, sem pedir café, mansamente, como um evadido, que não queria histórias com o seu nome. Foi tomar o elétrico já longe do portão e sentiu que lhe estava apetecendo um regresso imediato à calma de Belo Horizonte. Não! Que isso de mulheres! São todas elas uma causa de perdição, e ele não admitia ser arrastado em embrulhos.

D. Margarida Galvão, no entanto, fora surpreender a mãe da sua nora em um desalinho matinal absoluto, os cabelos mal enrolados e sentada à soleira da porta da sala de jantar, comprando verduras a um quitandeiro que arriara o tabuleiro sobre um degrau da escadinha. Uma palestra familiar se entabulara entre a compradora e o vendedor, português de unhas sujas — e todo um fresco montão de cenouras e nabos e alfaces enchia já o regaço de D. Adozinda, que contava muito calorosamente, revolvendo as hortaliças cheirosas, os estragos feitos pelas formigas na própria horta. Nem mais um tomate! As couves nasciam todas mofinas...

Foi quando surgiu a figura repreensiva e austera de D. Margarida — e a outra sentiu abalo tão brusco e tão forte, não obstante o seu arrojo habitual, que os legumes lhe rolaram do colo e ela se achou de pé no limiar da porta, vermelha como um lacre, abotoando instintivamente o roupão enxovalhado que só tinha cruzado sobre o volume dos seios. Sem se intimidar, D. Margarida galgou os três degraus, arregaçando o vestido preto, por causa do tabuleiro e, parando em frente à mãe de Celina, disse pausadamente, dominado o arfar da subida e da emoção:

— Bom dia! Quero falar a minha nora... Pode chamá-la?

D. Adozinda teve ainda um movimento de embaraço, mas logo recobrou o aprumo e respondeu secamente:

— Celina não está mais aqui... Já partiu...

— Para onde?...

— Não sei, nem tenho que lhe dar satisfações...

— Ah!

Toda uma onda quente de indignação subiu à face pálida de D. Margarida, que comprimiu a tremura dos lábios com o lenço, mas conseguiu vencer-se e refletiu. Não, não, era preciso usar de muita calma, de muito sangue-frio... Bem sabia que viera para uma renhida luta e tinha de opor à inimiga armas absolutamente contrárias às dela, senão estava perdida a campanha.

A mulher queria amedrontar a sua intervenção com a ameaça da grosseria e do escândalo...

Replicou, pois, após um curto silêncio, que D. Adozinda aproveitou para despedir furtivamente o quitandeiro:

— Nesse caso, falarei mesmo com a senhora...

D. Adozinda perfilou-se, já brutal e agressiva:

— Comigo? Comigo? Essa é muito boa! Mas que tenho eu a ver com essas histórias de marido e mulher, não me dirá? Vivo em minha casa...

— Tem tudo a ver! — interrompeu D. Margarida, mais grave, fitando-a nos olhos. — Desde que o seu modo de pensar, os seus conselhos, a sua cumplicidade, enfim, animaram minha nora, uma menina apenas imprudente e leviana, a sustentar um passo errado que pode causar a sua desgraça e outra mãe mais sensata jamais teria sancionado...

— E a senhora — atalhou desabridamente a outra —, com que direito me vem dizer estas coisas? Eu me meto lá na sua vida? Eu vou porventura reclamar o genro?...

D. Margarida teve um riso sarcástico:

— Ora! Mas ao contrário! A senhora até o enxota e se interpõe entre a explicação dos dois esposos, porque o seu fim é desuni-los, separá-los. Com que intenção, porém?... pretende a senhora fazer dessa filha casada que vivia no bom caminho com seu marido e seus filhos e de repente se afasta e encontra ao seu lado o refúgio para uma inexplicável loucura? É isto que eu lhe pergunto, como mãe do esposo injustamente desautorado — e a senhora tem de responder-me... Não se separa assim um casal...

Durante estas palavras, D. Adozinda perdia pouco a pouco a compostura, mais afogueada, por fim, apoiando as mãos nos joelhos, vergou o corpo para a velha e rugiu, cara a cara, arreganhando os beiços carnudos, descobrindo falhas de dentes:

— Eu tenho de responder-lhe? Eu? Mas repita lá isso... Então, a senhora pensa que manda sobre mim? Que me faz medo com as suas carantonhas de virtude?... Pois saiba que está muito enganada... A D. Adozinda Ferreira, dona desta casa, não tem medo nenhum da senhora, nem do Alfredo, nem de... quem quer que seja, entende? — e dava palmadas no seio, que balouçava, nas coxas, nos quadris. — Se minha filha fugiu para cá, é que tinha razões para fazê-lo e eu não havia de enxotá-la. Com certeza ela já não podia mais suportar o medonho... — hesitou, procurando o termo — o

medonho xadrez fedendo a bafio onde a trancafiaram, coitada!
— Sim! — interrompeu D. Margarida com superior e cortante ironia: a nossa moradia não é de fato um hotel aberto a qualquer que pague. É uma casa de família...
Uma roseta de sangue tingia-lhe agora os pômulos da face enrugada e mais se avivou, num estremecimento, ao grito de D. Adozinda:
— A senhora está me insultando!
A velha passou o lenço pela testa suada, respirou com força e disse mais baixo, contendo-se:
— Tem razão, perdoe-me.
Como a outra enrolasse colericamente o cabelo, que se lhe desprendera dos ganchos, D. Margarida foi bater-lhe no braço e pediu-lhe em tom mais brando que se entendessem, sem brigas, sem injúrias... Pois não eram ambas mães? Deviam, portanto, compreender-se, harmonizar-se, no interesse dos seus filhos em jogo...
No íntimo, ia raciocinando que, com naturezas assim vulgares e explosivas, como essa de D. Adozinda, mais valia usar da tática do que da energia... E pensou com ansiedade no Alfredo, que ficara de vir esperá-la um pouco mais tarde pela estrada com o Raul, incapaz de suportar a angústia de uma longa expectativa e faltando pela primeira vez nessa manhã à sua repartição, sem um aviso, indiferente ao ponto... Exagerou, então, a sua fraqueza de velha, sentou-se, obrigou a outra a sentar-se também e tentou convencê-la com argumentos serenos. Ela era inteligente e devia ver... Alfredo adorava a sua mulherzinha e não podia descobrir porque Celina o

tinha deixado... Nada lhe fizera... Cumpria, portanto, que o casal se explicasse em liberdade — e ela, como mãe do Alfredo e ambicionando a felicidade dos dois, vinha falar a Celina, ouvir as suas queixas, dissipá-las com a voz da razão, se infundadas, como era certo, e pleitear a causa de seu filho. Nada mais natural. Em último caso — e a sua voz se fez dura —, se de todo ela recusasse tornar para a companhia de seu marido, como lhe ordenava o dever, competia-lhe reclamar a Lucília, que pertencia ao pai...

D. Adozinda conservava-se calada, em atitude irreconciliável, com uma das pernas cruzadas sobre a outra e fazendo dançar o chinelo de couro sobre a ponta do pé gordo, branco e descalço. O sol mais alto, espadanava-se, numa larga esteira de luz sobre o soalho, onde esvoaçavam moscas irrequietas, zumbindo, alisando as minúsculas asas irisadas; o canário trinava loucamente na gaiola, à janela, sobre-excitado por essa claridade forte do dia magnífico. A cabecita fulva virava para todos os lados, fremente, enquanto do biquinho entreaberto jorravam gorjeios, florituras delicadas, estridências súbitas, uma catadupa de sons álacres, agudos ou doces; enchendo a sala de jantar de rumor.

Uma preta entrou, foi apanhar os legumes espalhados pela escadinha e saiu, dardejando um rápido olhar curioso a D. Margarida. Ouvia-se um rouquejar de tosse e pigarros de homem num quarto de hóspedes mais próximo... Deviam ser mais de nove horas... Então, D. Margarida, curvando-se, reprimindo a impaciência, dirigiu um apelo direto à sogra de Alfredo:

— Vamos, D. Adozinda! — disse com branda persuasão. — Deixe-me conversar com Celina. A senhora assistirá à nossa conferência.

— Já lhe expliquei —insistiu D. Adozinda em tom áspero —, que Celina não está mais aqui...

Dentro da sua alma, rugia um confuso temporal. Por causa mesmo das doutrinas idiotas dessa velha é que Celina enxotara o Coronel Juvenato que tanto lhe valia nos apuros, agora que ela estava acabada e a pensão andava aos trancos devendo décimas e o gás. Não bastara, porém, que esse fugisse, esbofeteado como um cão: queriam por força tirar-lhe a própria Celina, único chamariz para o Gilberto, que também podia ajudá-la tanto e estava pelo beiço, ela bem percebia, tendo posto de lado a Olga, por ser solteira... Oh! Ela era fina, via tudo... Mas Celina não iria, não iria... O seu punho cerrava-se de raiva.

— D. Adozinda! — tornou a velha, mais veemente — Estou esperando a sua resposta... Quero falar com a mulher de meu filho!...

— Pois não falará! — berrou a outra, levantando-se, decidida a tudo... — Já lhe disse que ela não está aqui, e a senhora tem de contentar-se com esta resposta, quer lhe agrade ou não...

D. Margarida saltou da cadeira, pela primeira vez dominada inteiramente pela indignação, e tremia toda, branca como a cera, as narinas aflantes... Alta, magra, rígida sob as suas corretas roupas negras de viúva, avançava um dedo ameaçador e solene para a outra, balofa e vulgar, cuja camisola se colava às bossas disformes dos seios e dos quadris — e a sua voz entrecortava-se, enquanto um raio de sol vinha brincar sobre os bandós dos seus cabelos prateados.

— Ah! É assim? — acabou por dizer, ofegando. — A senhora quer manter em clausura uma mulher casada, que a lei considera maior e livre? Pois é inútil, porque eu não tenho a timidez do Alfredo que a senhora enxotou, e hei de ver a minha nora. Isto aqui é um hotel: entro por ele...

Antes que a outra, rolando a sua corpulência, lhe estorvasse os passos rápidos e sem se importar com os desaforos que choviam sobre a sua pessoa, já D. Margarida enfiara pelo corredor — mas de súbito estacou fulminada pela emoção. Ali estava a verdadeira luta! Encostada à parede, vestida às pressas com a saia e a blusa que trouxera de casa, dando a mão à filhinha, Celina parecia ter escutado tudo e baixava os olhos, de uma palidez macerada que lhe punha manchas de bistre na face morena.

— Vovó! — gritou a pequena, largando a mãe para se grudar ao vestido preto da velha. — Onde está papai? E minha boneca grande?...

Julieta, perto de Celina, olhava tranquilamente a cena; a cabeça de Olga espiava pela fresta de uma porta; e hóspedes vinham saindo dos quartos, uns em colete, outros escovando-se para descer à cidade, todos atraídos pelo rumor da discussão. Alguns murmuravam, zangados. Diabo! Essa pensão andava a fazer-se insuportável por causa da tal Celina...

D. Margarida, entretanto, como sem ouvir as palavras com que D. Adozinda a zurzia, enxotando-a, prendeu nas suas as mãos frias e inertes da nora, apertou-as, impregnando-a do seu sentimento forte, e balbuciou numa comoção profunda:

— Minha filha, eu vim buscar-te para o amor de teu bom marido e das tuas crianças. Que fazes aqui, Celina, Celina? Pois não tens a tua casa?

D. Adozinda avançou, de mandíbula feroz:

— Ela está muito bem, porque está com sua mãe! Não escutes essa velha, minha filha, que ela quer escravizar-te!

O olhar da moça ergueu-se, enfim, e pousou alternativamente sobre as duas que a disputavam, com singular acuidade.

— Celina! — prosseguia a velha, estreitando-lhe sempre a mão gelada, a ungi-la da sua energia — Teu marido morrerá de dor, se o abandonares, e ficarás privada dos teus filhos. Pensa e volta, minha filha! Olha, eu nem te pergunto porque saíste, mas, se foi por minha causa, eu os deixarei sós, já prometi a Nossa Senhora das Dores...

— Pois sim! Fia-te nisso!... — casquinou D. Adozinda com sarcasmo.

A outra voltou-se e dominou-a com a expressão inspirada do seu rosto venerando, cortado de rugas tristes, verdadeiros sulcos de lágrimas:

— Celina sabe que eu não minto — disse, lentamente. E, logo tornando à nora, incitou-a com novas palavras frementes, brotadas do fundo da sua sublime dedicação materna, a voltar para o seu lar, para o seu marido carinhoso, desvelado, apoio seguro da sua vida até a morte... Viesse, viesse, imediatamente, pelo braço que ela lhe estendia ali... E, de repente, exasperada por vê-la estremecer às suas palavras, mas não ceder, D. Margarida exclamou, numa exaltação crescente:

— Toma cuidado, Celina, que já tarde não te arrependas! Estás cometendo uma iniquidade. E Deus te castigará... Olha — a sua mão se estendeu tremulamente — nesta casa está a tua perdição...

— Como?! Repita isto, velha malcriada! — rugiu D. Adozinda em gestos violentos.

Mas, sem a ouvir sequer, a outra continuava:

— E debaixo do teto de teu marido está a salvação, está a honra, está a felicidade garantida. Ah! Celina — a velha, aqui vencida pela comoção, prorrompeu em soluços curtos e secos — Ah! Minha filha, que fizeste? Eu não desejei dantes o seu casamento, mas agora... O Alfredo morrerá de dor...

Gritos finos lhe abafaram a voz; era Lucília, assustadinha, que chorava com veemência, reclamando:

— Eu não quero que papai morra...

— Toleirona! — Protestou a avó materna.

Viram, então, avançar pelo corredor a mais antiga figura do hotel, o desenhista alemão John Gross, nutrido e loiro, que conhecera Celina de vestidos curtos e estendeu a D. Margarida uma manopla enorme, cor de lagosta, bradando entusiasticamente, como arrastado:

— Bravo, senhorra! Cumprimentos!

— E esta!... Hein?! — bramiu D. Adozinda, encarando furiosamente o velho hóspede.

À essa voz estridente, porém, Celina como que acordou enfim da estranha imobilidade e volveu a olhar para todo o grupo que a rodeava. Viu a sogra a soluçar, viu a filhinha em pranto infantil, pedindo o pai; e, inesperadamente, erguendo os braços à altura da testa, que comprimiu com os dedos crispados, como se ela lhe estalasse, explodiu em súbitas e copiosas lágrimas.

— Vai-te embora depressa! — segredou-lhe Julieta.
— Leve-me!... leve-me!... — implorou Celina à sogra.
Esta, sentindo em Julieta uma aliada, pediu-lhe baixo:
— Já, os chapéus de ambas!

E enquanto D. Adozinda vociferava, vendo perdida a campanha, a mãe de Alfredo, lívida, palpitante, sem quase respirar, com medo de esperdiçar um segundo, ia conduzindo a nora e a neta para a porta da sala de jantar, em cujo degrau ainda vermelhejava uma cenoura ao sol.

— Filha ingrata! — clamava a dona da casa — Eu te recebi quando vieste e assim me deixas!

— Mamãe! Vou para meu marido — balbuciou Celina. — É melhor para todos!

Mas já D. Margarida a levava através do jardim banhado de triunfal claridade, onde os passarinhos chilreavam doidamente nos galhos verdes das árvores. Um aroma quente e embriagante subia da seiva das plantas, errava no ar transparente. Papoulas flamejavam, escarlates, em maciços esmeraldinos e o céu era uma imensa turquesa, sem a mais leve jaça de um farrapinho de nuvem.

"Depois da tempestade a bonança!", agradecia mentalmente D. Margarida, com um ávido olhar para a cidade, claro refúgio branquejando lá embaixo entre a imobilidade azul do mar. E entrou a tremer, chegando ao fim dos dois lances da escadaria com Celina e a neta, porque Alfredo devia achar-se do lado de fora do portão com Raul e o casal não tardaria a encontrar-se, frente a frente...

Encontraram-se, de fato, com um primeiro movimento de mútuo enleio; mas Celina viu o marido tão desfigurado, tão sem cor, e abalou-a tanto o grito de alegria que soltou o pequenino ao tornar a ver a sua mamãe, que esqueceu tudo e, num ímpeto bom de alívio, de ternura, de remorso da sua loucura, resvalou sobre o peito débil, mas sinceramente amoroso, do Alfredo, murmurando, conquistada e arrependida:

— Perdoa-me, sim? Acabou-se... Não terás mais queixa de mim... Sofri tanto!...

E ele, então, ele, inocente!

Sem embargo, Alfredo a remiu com um grande beijo generoso, que apagou talvez a mancha de outros menos puros, e correu depois a abraçar a mãe, agora exausta, sorrindo melancolicamente à sua obra de paz. Estava finda a luta de princípios, de educações, de caracteres; e a ela, pobre velha, viúva e solitária, restava apenas a única solução natural àqueles que terminaram o seu papel ativo no mundo: morrer. Não importava: morreria calma porque sempre cumprira o seu dever na vida. E, como um bonde elétrico descesse, a mãe de Alfredo, disse com a simplicidade das obscuras heroínas:

— Vamos!

Lá em cima, na pensão, D. Adozinda esbravejava sobre uma cadeira, ao excitado gorjeio do canário. Tratarem-na assim!... E Gilberto que se safara misteriosamente de manhã, sem uma palavra! Voltaria? Como solver agora tanta atrapalhação acumulada? Mas Olga surgiu do corredor, petulante e linda, já pronta para sair, e veio debruçar-se risonhamente sobre o ombro sucumbido da viúva:

— Deixe estar, mamãe, que tudo se arranjará e talvez ainda hoje, eu lhe mostro...

— Ela tem razão — corroborou Julieta, que seguira a irmã e calçava as luvas. — Com Celina é que você não arranjava mesmo nada... É uma doida!

A viúva do Ferreira ergueu um pouco a face esguedelhada de vencida, e mediu as duas filhas com um olhar já mais reanimado, brilhante, em que se reacendia a esperança...

Sim, talvez...

Em tais meios, a luta jamais cessa: continua sempre, entre exploradores e exploradas. É a terrível, infindável, a eterna luta! É o renhido jogo dos interesses inconfessáveis!

© 2020, Livros de criação

Editora   Carla Cardoso
Capa   Tereza Bettinardi
Revisão   Fernanda Silveira

CIP | CRB 1/3129

D431L   Dolores, Carmen [Emília Moncorvo
        Bandeira de Melo] (1852-1910)

A luta / Carmen Dolores — 1ª ed. — Rio de Janeiro :
Livros de Criação : Ímã editorial : 2020,
180 p.; 21 cm. — (Coleção Meia Azul)

ISBN   978-85-54946-20-3

1. Literatura brasileira. 2. Romance. 3. Século
XX. I Título. II. Série
                                    CDD 869.91

Ímã Editorial | Livros de Criação
www.imaeditorial.com